徳間文庫

耳なし芳一からの手紙

内田康夫

徳間文庫

耳なし芳一からの手紙

内田康夫

徳間書店

目次

プロローグ

釜山《ふざん》港を出たときのことはあまりよく憶《おぼ》えていない。稲子《いねこ》はまだ九歳だったし、それに真っ暗な夜の出来事だった。

船がユラリと岸壁を離れた感触があって、そのあとすぐ稲子は気分が悪くなった。すっぱい液体が胃の底から湧《わ》いてきた。

「横になりなさい、じきに治るわよ」

母親がそう言って、狭い甲板の上に毛布を敷いてくれた。

横になると、機関のゴンゴンという音が耳にじかに響いて、頭が痛くなりそうだ。けれども、起きようとするとまた吐き気が襲ってくる。

稲子は吐き気や頭痛と闘いながら、いつのまにか眠った。

人の声で目が覚めた。どこかで男の人が誰《だれ》かの名前を呼ぶ悲痛な声であった。ほかの何人か、女の人の啜《すす》り泣きも聞こえた。男の人も泣きながら呼んでいる。「死ぬな！」と言っていた。「もう少しだ、日本が見えているぞ！」とも言った。

「日本……」

稲子は呟《つぶや》いた。目の前にある母親の顔に向けて問い掛けたつもりだ。

母親は真っ青な空を背景に、稲子を見下ろした。その目には涙があって、下を見た拍子に、稲子の額のあたりに大粒の涙がポロポロとこぼれ落ちた。

「もうすぐ日本なの？」

「ええ、もう対馬《つしま》が見えているわよ」

「ほんと？……」

稲子は母の腕に縋《すが》るようにして身を起こした。船酔いは消えていた。陽《ひ》が昇って間がないらしい。気温はまださほどでもないが、このぶんだとまもなく、甲板にいられないほど暑くなりそうだ。

船縁《ふなべり》越しに穏やかな海が見えた。昨夜の真っ暗な港が嘘《うそ》のような、自由で広々とした風景であった。遠くに霞《かす》んだ島影も見える。あれが対馬なのだろう。

船に乗り込む前、対馬を過ぎれば安心――と、おとなたちが言っているのを聞いた。ただし、警戒厳重な港を脱出できるかどうかが不安だった。アメリカ軍と朝鮮の船が港口を封鎖しているという噂《うわさ》であった。

「逃げられたのね」

稲子は詳しい事情が分からないまま、喜びの声を発した。

「ええ、大丈夫だったわね。二度も見つかったのに、追ってはこなかったの。きっとアメリカ軍が見逃してくれたのよ」

稲子は知らなかったけれど、何かそういう気配があったらしい。占領軍の兵士は人道的に振る舞っていたそうだから、故国へ還《かえ》る敗残の人々に、あえて追い打ちをかける気にはなれなかったのかもしれない。

「でも、お気の毒に……」

母親の視線を辿《たど》ると、幾組か先の集団の中に、汚れた白布をかぶせられ、横たわった人の姿があった。

「亡くなったの？」

稲子が小声で訊《き》くと、母親は黙ってコクリと頷《うなず》いた。

泣き声はほとんど収まっていた。

「規定どおり水葬礼で葬りますが、よろしいでしょうか？」

船長が遺体の脇《わき》にいる男の人に訊いた。さっき遺体に向けて「死ぬな」と叫んだ男の人だ。ひどく哀《かな》しそうに歪《ゆが》めた横顔が印象的であった。

「なんとかこのまま連れて帰りたいのですが、だめでしょうね」

男は残念そうに眩《まぶ》しい空を見上げ、首を横に振って俯《うつむ》いた。

遺体はそれからまもなく、海に捨てられた。一人、お坊さんが乗っていたらしく、短いお経をよんだ。遺体は泣いた男の人の腕で抱かれて、白い布の中からこぼれるように海に落ちた。

そのとき、また男の人は慟哭《どうこく》した。吠《ほ》えるような激しい泣き方だった。

「戦友さんだったらしいの」

母親が、稲子の耳に口を押し当てて、説明してくれた。

船は下関《しものせき》港に着いた。関門《かんもん》海峡の潮流に逆らって、小さなボロ船は喘《あえ》ぐような機関の音を立てて、ゆっくりと港に近づいた。

海峡から港にかけての水面に、何百本という数の柱がニョキニョキと立っていた。それは異様な眺めであった。

「あれはすべて船ですよ、沈んだ船のマストです」

船長に言われるまで、その柱の正体は誰にも分からなかった。関門海峡はアメリカ空軍によって機雷封鎖され、おびただしい船がここで沈んだのだそうだ。

「ドッカンドッカン、連日何十隻もの船が沈みましてねえ。文字どおり船の墓場ですな。壇《だん》ノ浦《うら》で滅亡した平家の軍船と同じくらい沈んだのじゃないですかな」

船長のジョークに、誰も笑わなかった。

船上から望む下関の市街も焼け野原であった。いや、対岸の北九州一帯も惨憺《さんたん》たるありさまだ。

「東京も大阪もやられましたよ」

船長は大声で、全員に聞こえるように言った。

「広島と長崎はもっとひどいことになっています。日本中どこへ行っても、たぶんみなさんの故郷はどこも似たようなものだと思って間違いありません」

船長としては、これから上陸する日本が、どれほど惨《みじ》めな状態であるかを、あらかじめ教え、覚悟を決めさせておこうとしているらしい。

船が岸壁に横づけされると、港付近にいた人々が集まってきて、無事の帰還を歓声を上げて出迎えた。

「さあ、いよいよ日本ですよ。これからが大変でしょうけれど、国敗れて山河ありといいます。どうぞみなさん、希望を持って、お元気で……」

生死を共にしてきた感慨がそうさせるのだろう、船長の逞《たくま》しく日焼けした顔が、涙でクシャクシャになった。

「どうもありがとうございました」

例の男の人が船長と向かい合って立ち、「客」を代表するかたちで礼を言った。

そのとき、稲子ははじめてその男の人の、もう一方の横顔を見た。なんとなく妙だなと思って、しばらくして、その男の人には左耳がないことに気がついた。

第一章　果奈《かな》の出発《たびだち》

1

父の孝雄《たかお》は玄関まで出て、「どうしても行くんか」と言った。着流し姿で、例によって帯の締め方が悪いものだから、着物の前合わせが緩んだ感じになっている。

「ええ、行くわ」

果奈はスーツケースを摑《つか》んで、父親の未練も、それに自分の未練も断ち切るように、毅《き》然《ぜん》として言った。

「そうか」

孝雄は腕組みをして、じっと娘を見つめた。

「じゃあ」

果奈はペコリと頭を下げた。そのまま回れ右をして出て行くつもりだったが、ドアを開ける前にもういちど振り向いた。

「ああ、気をつけてな」

孝雄は間の抜けたタイミングで応じた。髪の毛の白いものが目立った。

「着物、ちゃんと着たほうがいいわよ」

果奈は捨て台詞《ぜりふ》のように言って、ドアを出た。

玄関前に近藤《こんどう》が白いベンツのドアを開けて待っていた。

「いいわよ、タクシーで行くから」

「それはいけんです。お送りさせていただきます」

近藤は果奈のスーツケースをもぎ取るようにして、トランクに押し込んだ。仕方なく、果奈は後部シートに収まった。

「いつお帰りになるのですか？」

車を少し走らせてから、近藤は訊《き》いた。

「さあ、いつかしら……当分か、もしかすると永久に帰ってこないかな」

「そんな、冗談言わんでください」

「冗談とちがうわ、その覚悟よ」

「お嬢さん……」

近藤は思わず後ろに首をねじ向けようとして、道路が狭くなるのに気づいて、慌《あわ》てて前方に注意を戻した。

（ああ、この町ともお別れか――）と、果奈は寂しい想《おも》いで、窓の外を過ぎてゆく風景に視線を走らせた。

下関市長府《ちょうふ》は古い土塀がたくさん残っている、昔ながらの佇《たたず》まいである。市の町並み保存に関する条例ができて、たとえ個人の所有でも、むやみに土塀を壊してはいけないことになった。所有者にしてみれば、家を改築したくてもままならず、迷惑をかこっているケースも多い。その犠牲の上に、城下町らしいしっとりとした風景が、いまも息づいているのである。

池宮《いけのみや》果奈は長府で生まれ、ここの中学を出て、市内の私立女子学園を短大まで行って、そしてマンガ家になる決心をした。

父親にとっては寝耳に水の唐突さだったけれど、果奈にしてみれば、長いこと温めていた念願であった。

これまでに、いくつかの雑誌に応募して、いくつかの賞を獲得している。編集者の中には、上京してプロへの道を歩んだらどうかと、手紙で勧めてくれる者も何人かいた。それにすぐには乗らなかったのは、果奈の慎重な性格と、それに父親への配慮があったからなのだ。

母親が四年前に急性心不全で亡くなって、父の孝雄は一時、傍目《はため》にも様子がおかしいと感じるほど、虚脱状態になった。

池宮孝雄は「丸池《まるいけ》組」という土建業を経営しているのだが、その社長という立場を忘れてしまったのではないかと、周辺の者は心配したものである。

土建業は血気盛んな職人を束ねなければならない業種だ。江戸時代から明治・大正のころは、治山治水事業などの大工事の際、土地の俠客《きょうかく》が人集めから労務管理まで請け負っていたそうだ。「〇〇組」などという、暴力団組織とまぎらわしい名称が多いのは、そのなごりかもしれない。

そのせいか、会社も従業員も気風《きっぷ》がいいというより、いささか荒っぽいところがある。それを束ねるボスが腑抜《ふぬ》けみたいなありさまでは、困ってしまう。それに、このところの土建業界は労働力不足で、油断していると傘下の職人を根こそぎ引き抜かれてしまいかねない。その意味からいっても、ボスの池宮孝雄にはしっかりしてもらわなければならなかったのだ。

父親の頼りないぶん、二十《はたち》を越えたばかりだった果奈が健気《けなげ》に「組」を仕切った。もちろん、幹部社員の尽力があってこそだが、果奈のそれこそ「姉御」を思わせるようなテキパキした裁断が、会社の沈滞ムードを吹き飛ばした。

やがて孝雄も回復し、丸池組は元どおり軌道に乗って走りだした。

家事一切をすべて妻任せだっただけに、家の中のことや身の周りのことは何ひとつできない父親だが、果奈はあとを近藤たちに任せて東京へ出ることに決めた。

腹を決めはしたものの、この町や家や父親のことに後ろ髪を引かれる想《おも》いがしないわけではない。近藤が「どうしても行かれるのですか？」と、くどく泣きごとを言うと、果奈自身、泣きたいほどつらくなる。

「もう言わないでよ」

最後には怒鳴るように言った。近藤は「はい、すんまへん」と沈黙した。近藤は中学を出てグレていたのを、孝雄が拾って、十何年もずっと面倒を見てきた男である。いまは社長秘書兼運転手兼用心棒といった役回りを務めている。ずんぐりした大柄で、見掛けはいかにも悪そうだが、根は純情で優しいところがある。ただ、怒り出すと手がつけられなくなるので、孝雄は手元から離すことができないでいる。

新下関に停車して東京へ直行する便は、一日にそう何本もないけれど、窓際の席に恵まれた。

いらないと言うのに、近藤は弁当やら週刊誌やらを買ってきて、空いている隣の席に置いた。停車時間がないのは分かりきっているのに、大きな図体でモタモタしているうちに列車が動き出した。

「次の駅で下りるから、ええのです」

近藤は照れ笑いを浮かべて、荷物を網棚の上に載せたりしている。

「坐《すわ》ったら」と、果奈が隣の席の上を片づけてやったが、「いえ、カネ払っておらんですから」と、つっ立ったままだ。そうやって意地を張っている顔は、どうみてもヤクザであった。周囲の乗客の目が近藤と果奈を見比べて、妙な顔をするのが手に取るように分かるから、果奈は身の縮む思いだった。

そうこうするうちに車掌が検札に来た。下り遅れた事情を話すと、「困りますなあ」といやな顔をした。料金を徴収する気はないのだろうけれど、厭味《いやみ》のひとつも言いたかったにちがいない。

「おカネ、払います」

果奈はムッとして財布の口を開けた。

「お嬢さん、そんなもん、払うことはありませんで」

近藤が大きな手で財布を押さえた。

「そんなもんとは何ですか」

車掌もカンにさわったらしい。喧嘩《けんか》っぱやいのが三人揃《そろ》った感じで、険悪なムードが漂った。客たちはなかば不愉快そうに、なかば面白そうに腰を浮かせて覗《のぞ》き込んでいる。

「わいが下りんうちに走らせたほうが悪いんやないか。そっちからわいのほうにカネを払うべきなんじゃ」

近藤はドスのきいた声で怒鳴った。

「そういうことをおっしゃられても困りますねえ。とにかく、どういう理由があろうと、入場券では乗車できないきまりですので」

車掌も乗客たちの手前、簡単には引けなくなっている。

「何と言おうと、わいには払う気ィはないんや。気にいらんかったら、警察でもどこでも突き出したらええじゃろが。こっちは臭いメシは食い慣れとるんじゃ」

近藤は啖呵《たんか》を切った。ほんとうは「臭いメシ」など、食べたことがない男だ。微罪程度のことをやらかしても、せいぜい説諭され孝雄に引き取られて帰ってくるのが関の山なのである。そのくせ、いきがって、いっぱしのヤクザぶってみたい悪い癖がこの男にはある。

それがおかしくて、果奈はマンガの主人公に、近藤を何回も登場させた。

「さあ、どないじゃね、ワッパでもかけてみるか」

近藤は車掌の怯《ひる》むのを見て、両拳《りようこぶし》を揃《そろ》え、相手の鼻先に突き出すようにした。

「近藤、やめなさい」

果奈は叱《しか》った。とたんに近藤は「へい」と悄気《しよげ》返って、小さくなった。

「臭いメシ」まで持ち出されて、車掌も強情を張るのを諦《あきら》めたらしい。「それじゃ、次の駅で必ず下りてくださいよ」と念を押して、検札に回って行った。

次の駅で近藤は下りたけれど、周囲の好奇の目は果奈に注がれることになった。(ヤクザの親分の娘?――)という想像が、どの目にも宿っている。

果奈は窓に頭を凭《もた》せ掛けて、眠ったふりをすることにした。

2

広島駅で隣席に男が乗ってきた。三十歳ぐらいだろうか、それほど大柄ではないが、パンチパーマの、見るからにそのスジの人間と分かる男である。

男は席に坐《すわ》るとき、「お邪魔します」と最敬礼をした。果奈は無意識に、鷹揚《おうよう》なポーズで頷《うなず》いてみせた。見ようによっては、堂々たる姉御ぶりかもしれない。これでまた、周囲の連中の誤解を招いたことは確かだ。

席に坐ってからしばらく、男は膝《ひざ》に両手を載せて、じっと俯《うつむ》いていた。検札が終わり、福山《ふくやま》駅を過ぎるころになって、ようやく姿勢を崩した。

足元の床に置いてあるボストンバッグから、長細い包みを取り出した。包みの布を取り除くと、白鞘《しらさや》の短刀が現れた。男は膝の上で短刀を半分ほど抜いて、じっとみつめていたが、「やっぱし取れへんな」と呟《つぶや》いた。

それから果奈のほうに視線を送って、「わし、人を殺して来たんや」と小声で言った。

「そう」

果奈は頷いて、それだけでは素っ気なさすぎるかなと思い返して、「それは大変だったわね」と言った。こういうテアイが往々にして大口を叩《たた》くことを、果奈は知っている。人を殺すことが勲章でもあるかのように錯覚している世界の連中だ。

「あんまり驚かへんのやな」

男は感心した口調になった。

「だって、そんなこと、珍しくもなんともないでしょう」

「そうかなあ、珍しくないかね」

男は残念そうに視線を落とし、短刀を鞘に納め、バッグに仕舞った。そしてバッグからミカンを三つ出して「食わんかね」と、果奈の目の前に突きつけた。

「いただくわ」

果奈はそのうちの一つを取って、皮を剝《む》きはじめた。

男はバッグからワンカップ大関を出して、グビグビと飲んだ。封を切ったつまみも出した。種々雑多なものがバッグに詰め込んであるらしい。

酒はじきに空になり、男はまた新しいのを出して飲んだ。見るまに三本目にとりかかった。

「あんた、学生さんかね？」

男は酒のカップを口につけて、果奈の横顔を見つめながら、言った。

「いいえ、そんなに若くないわ」

「そうかなあ、若くないかなあ……だけど、まだ嫁さんには行っとらんのやろ？」

「ええ、独身です」

「そやろなあ、きれいやもんなあ」

独身ときれいなのと、どういう関連があるのか――と、果奈はおかしかったが、「きれい」と言われて、気分はよかった。

「それに、ええ度胸しとるし。わし、惚《ほ》れてもたなあ。どないやね、好きな男でもおるんかね」

「いませんよ、そんな人」

「ほんまかいな、こんなべっぴんさんがよ。それやったら、わし、どないやろか。嫁さんになってもらえへんやろか」

「ははは」

果奈は男のように笑った。

「冗談で言うたんと違うで。ほんまにわし、あんたに惚れたんやからな」

「だめよ、人殺しのお嫁さんにはなれないわ」

「そうか、やっぱし人殺しはあかんか……しもたことをしたなあ」

男は真顔で悔やんでいる。それを見て果奈はようやく、ゾーッとした。どうやら男が殺人を犯してきたというのは、ほんとうのことらしい。

丸池組に出入りする人間の中にも、近藤に輪をかけたような連中が少なくないから、切った張ったの騒ぎは珍しくなかったし、死人が出たことも、話としては二度ほど聞いた。しかし、よもや列車の隣の席に人殺しが坐《すわ》るとは考えたことはなかった。

床のバッグの中には、人間を刺し殺した短刀が入っている——と思うと、恐怖がしだいに実感を伴ってくる。

結婚を断られたせいか、男は黙りこくってしまった。それはそれで、また不気味なものである。男の頭の中で何が考えられているのかを想像するだけで、果奈は疲れはててしまいそうだった。

京都を発車して琵琶湖畔《びわこはん》を通過したと思ったら、まもなく列車が停《と》まった。プラットホームの駅名を見ると米原《まいばら》である。名古屋までノンストップのはずだから、人々は怪訝《けげん》そうに窓の外を窺《うかが》った。

この付近は時折、雪で運行が乱れることがあるけれど、天気は快晴、気温も雪の降るような陽気ではない。

アナウンスは「車内にご病人が出ましたので、しばらく停車します」と言っている。ホームを警察官や私服の刑事らしい男たちが走り抜けて行ったと思うと、後ろのほうの車両から、その連中がゾロゾロと車内を通って行く。

列車は間もなく走りだしたが、そのころには車両の前後のドアに一人ずつの刑事が残った。刑事は鋭い目付きで乗客のほうを眺めている。すべての車両について、そういう警備態勢が整ったと思われたとき、アナウンスが事実を告げた。

「ただいま殺人事件が発生いたしました。たいへん申し訳ありませんが、列車の進行中、警察官による調査が行われますので、乗客のみなさんもご協力をお願いいたします」

シーンと静まっていた車内が、アナウンスが終わると同時にどよめいた。「ほんとうかよ」「冗談じゃねえな」といった声が聞こえてくる。

警察が車内を調べるというからには、犯人がまだ乗客として車内にいるということなのだろう。果奈はそうするまいと思っても、視線が隣の男に向くのをこらえることができなかった。

男はじっと俯《うつむ》いていたが、やがてスックと立ち上がり、いきなり叫んだ。

「刑事さん、自分です、自分がやったのです」

刑事はもちろん、車内中の目がいっせいに男に集中した。果奈は自分が見られているような気分で、背凭《せもた》れの陰に小さくなって身を潜めた。

刑事がやって来た。

「あんたがやったというのは、どういうことです？」

見ようによっては迷惑そうに眉《まゆ》をひそめて言った。

「そやからですね、自分が殺したのです、これが凶器です」

男はバッグの中から短刀を出して、刑事のまえに差し出した。

果奈は心臓がドキドキした。殺人犯が自首する現場を、それも体が触れ合うほどの至近距離で文字通り体験するなんて——。

「おたくさん、この短刀で殺《や》ったのかね」

刑事は短刀を手にし、鞘《さや》をなかばまで抜いてみてから、つまらなそうに男に返した。

「そうです、自分がやりました。神妙にワッパを頂戴します」

男は両手を揃《そろ》えて、刑事の前に出した。近藤もそうだが、どうしてこのテの男たちは、そんなふうに潔《いさぎよ》い恰好《かっこう》をして見せたがるのだろう――と果奈は呆《あき》れた。

「しようがねえな」

二人の刑事は同時に苦笑して、顔を見合わせた。

「おたくさん、だいぶ酔っぱらっているね。困るんだなあ、そういうわけの分からないことを言ってもらっては」

「は?……」

男はポカンとした顔で、中腰の姿勢のまま刑事を見上げた。

「酔ってはおらんです。自分が殺ったということはほんまのことです」

「まあまあ」

刑事は男を宥《なだ》めすかすように、肩《かた》を叩《たた》いて席に坐らせた。

「あんたがそう言ってくれるのはありがたいけどね、被害者は短刀で刺されたわけではないんだ。死因は毒物によるものでね」

「はあ……」

男は気が抜けたように、ドスンと椅子《いす》に尻《しり》を落とした。

「それに、被害者と一緒にいた、犯人と見られる人物は女性でしてね。それも、若い美人だったそうですよ」

刑事は苦笑しながら、鋭い目を隣の果奈の顔に移した。

「失礼だが、そちらさんは？」

「は？」

果奈はギクッとして身構えた。

「この方のお連れさんですか？」

刑事は男を指差して言った。

「いえ、違いますよ」

とんでもない——というように、果奈ははげしく首を横に振った。

「恐縮ですが、お名前と住所を教えていただけませんか」

「私の？　どうしてですか？」

「いや、べつにどうという意味はないのですが、目撃者の話によると、犯人が若い美人だったというものですから、念のためにお訊《き》きするだけです。しかし、何か都合の悪い理由があるのなら、結構ですが」

刑事は皮肉な言い方をしている。

犯罪者でもあるまいし、そんな理由があるはずはない。果奈は名前を告げ、住所を言おうとして躊躇《ちゅうちょ》した。下関の家を出て来たばかりだ。あの家が自分の住所地なのか、それとも、これから行く東京が……いや、東京での落ち着き先はまだはっきりしているわけではない。

「どうしました、都合の悪いことでもあるのですか？」

刑事は斜《しゃ》に構えて、疑惑をたっぷり湛《たた》えた目で、ジロリとこっちを見た。

「そういうわけじゃないですよ」

果奈はムカッとして、「下関市長府——」と、自宅の住所を告げた。

「ほう、下関からですか。すると、新下関から乗られたのですね？」

「ええ、そうですけど」

「なるほど……」

刑事の意味ありげな口振りだ。それが果奈には気になった。

その気配を察したように、隣の男が頭をもたげた。

「刑事さん、この嬢ちゃんやったら、ここにずっといてはりましたで」

刑事にとり縋《すが》らんばかりに、口を尖《とが》らせて弁明した。

「分かりましたよ」

刑事は酒臭い息に閉口したように手を振って、ドアのところに戻って行った。途中、キョロキョロと左右の座席を調べながら行ったが、「若い美人」はどうやら見当たらなかったらしい。

3

殺人事件が発生したのは11号車——つまりグリーン車であった。

列車が京都を出てまもなく、車両の後部から二列目の座席の左側窓際にいた老人が、「ワーッ」というような意味不明の叫びとともに突然、立ち上がり、喉《のど》のあたりをかきむしるようにして、前方の洗面所のあるドアのほうへ駆け出した。

老人はドアに達する前に力尽きたのか、つんのめるように倒れ、床の上で七転八倒しながら、「毒だ！　あの女にやられた！」と言ったのを最後に意識を失った。それからしばらく痙攣《けいれん》症状を見せていたから、完全に絶命したのは数分後か、あるいはもっとあとか不明だが、とにかく、素人目には即死に近い状態であった。

老人が床に倒れ、客たちが騒然としているところに、たまたま検札の車掌が入ってきた。

その時点では、はっきりした「殺人事件」と断定されたわけではないけれど、老人が「毒だ！　あの女にやられた！」と叫ぶのを聞いたという乗客の申し出があったので、車掌はすぐに同乗している鉄道警察隊員を呼び事件の処理を依頼する一方、新幹線運行指令室に連絡した。

進行中の列車内で事件が発生した場合には、最寄《もよ》り駅に緊急停車することになっている。ひかり52号は米原で停車し、捜査員を乗り込ませるという措置を取った。

周辺の目撃者の話によると、被害者は女連れだったらしい。女性が通路側、被害者が窓側に坐《すわ》り、親しそうに小声で何か話しているのを、通路を隔てた老夫婦と後ろの席の会社員が見ている。老人は女性にカンジュースを買ってやったりして、親しげであった。

もっとも、話の内容までは聴き取れてはいなかったそうだ。

「女性は二十四、五歳ぐらいで、なかなかの美人でした。親子とかそういうんじゃなくて、ただの知り合いって感じですかねえ、いや、恋人って感じはなかったですよ」

目撃者の話を総合すると、だいたい、こういう印象になる。

京都を発車した際には、女性はまだその席にいたはずだが、「事件」が発生したときには、すでに女性の姿はなかったという。

「たしか、京都を出てすぐ、トイレにでも行くようにして、立って行きましたよ」

後ろの席の会社員が言った。しかし女性が立って行ったのは後ろの方向――つまりトイレとは逆の方向だったから、ことによると食堂車へ向かった可能性もある。

老人は食堂車へは行かず、車内販売の弁当を買って食べた。食べ終えると、弁当ガラを捨てに行き、ついでにトイレもすませてきたらしい。ハンカチで手を拭《ふ》きながら席に戻った。異変が起きたのは、その数分後ぐらいであった。

米原に到着するまでに、車掌と公安官によって、そこまでは調べがついていた。

米原駅で停車した列車は、捜査員がやって来るまではドアを閉めたままにしておき、捜査員が乗り込むときだけ、二つのドアを開けた。米原警察署から駆けつけ、列車に乗り込んだ捜査員は全部で三十数名。指揮は刑事課長の手島《てしま》警部が取った。

全車両の通路のドアごとに一名ずつの刑事が配備された。被害者は米原駅で下ろされたが、その時点で死因は毒物によるものであると、ほぼ断定した。

ところで、問題の女性の行方《ゆくえ》がまったく摑めなかった。京都から米原まではむろんノンストップで来ている。捜査員を乗せるために開けた二つのドアは、その後すぐに閉じているし、ほかのドアから脱出できる状況は考えられない。

女性の年齢はおよそ二十歳から三十歳程度――という目撃証言だったから、捜査員はそれらしい女性をすべてチェックし、念のために住所氏名を聴き取ったのだが、いずれも関係はなさそうだった。

　被害者の周辺にいて、女性を目撃した人々の記憶も曖昧《あいまい》で、その中の一人にいたっては
それじゃ京都で下りてしまったのかな……という、自信のない口調にトーンダウンしてしまうほどであった。

　列車はやがて名古屋に着き、それ以上、乗客を拘束しておけなくなった。名古屋では約三十名ほどの客が降りたらしいが、出口で見たかぎりはそれらしい女性の姿はなかった。

　手島警部は、とりあえず食堂車の片隅を仮の「作戦本部」にした。食堂車には一般の乗客が入っているが、それを追い出すわけにはいかない。むしろ、食堂の営業妨害にならないよう、気を遣って小さくなっていなければならなかった。

　手島をはじめ、捜査員は東京まで乗って、最後の最後まで乗客から事情聴取をする構えだが、結局、手掛かりはないままに終わりそうだ。

　殺された老人が新下関から乗った乗客であることは、車掌が検札した時点で分かっている。刑事が池宮果奈に関心を示したのは、そのためである。

　身元も、遺留品に手帳と名刺があったことから、すぐに分かった。

　永野仁一郎《ながのじんいちろう》　七十二歳　東京都大田区田園調布――

「永野仁一郎か……どこかで聞いたことがある名前だな」

手島は首をひねった。名刺には名前と住所以外、肩書等は印刷されていなかった。

列車から、名刺に印刷されていた番号に電話すると、かなりの年配らしい女性が出て、

「はい永野でございます」と丁重に名乗った。

「こちら警察ですが」

手島が言うと、「はっ？」と息を吸い込むように反応があった。

「そちらに永野仁一郎さんという方、おいででしょうか？」

「はい、永野は主人でございますが」

「あ、そうですか、奥さんでしたか。それで、ご主人はいまはどちらにおいでですか？」

「はあ、あの、旅行中ですけれど」

「どちらに？」

「下関のほうへ参りましたが」

「一人で、ですか？」

「いいえ、二人のはずですけれど」

「二人？　どなたと二人です？」

「さあ、それはたぶん、お友達と……あの、主人がどうかいたしましたのでしょうか？」

夫人はいっそう、不安そうな声になった。

「じつは、ご主人と思われる男の人が、新幹線の中で亡くなられましてね」

「えーっ！……」

夫人は絶句した。

こんなふうに、被害者の家族に悲報を伝えることは、手島はこれまでに数度、経験がある。交通課の連中は、日常茶飯事だそうだが、刑事畑一本槍できた手島は、存外、少ない。

「あ、あの、主人はどうして……あの、何かの発作でも起きたのでしょうか？」

夫人はショックから立ち直ったのか、比較的、落ち着いた声になった。

「いえ、詳しいことはまだ判明しておりません。ご遺体は米原で降ろして、病院へ運びました。したがいまして、ご家族のどなたかに、なるべく早く、米原へ行っていただきたいのです」

「はい、かしこまりました」

「あ、そうだ、その前にですね、これからお宅のほうにお邪魔して、若干、お尋ねしたいことがありますので、その後、われわれと一緒に米原へ向かっていただいたほうがよろしいでしょう」

「はい、そうさせていただきます。それでは、こちらでお待ちいたしております。どうも、お手数をおかけいたしました」

電話を切って、手島は「ふーっ」と大きく吐息をついた。

「ええとこの奥さんらしいな。丁寧で上品な言葉遣いだった」

「田園調布というのは、金持ちが住んでおる、高級住宅街だそうです」

部下の宿井《すくい》部長刑事が言った。手島より十も年上の、四十五歳の誕生日をついこのあいだやったばかりの男だ。米原署の刑事の中ではもっとも年長で、むろん刑事歴も長い。手島にとっては、頼れる人間であると同時に、ときには些《いささ》か煩わしいと思えることもある存在であった。

「まあこの被害者もかなりの金持ち風といっていいだろうな」

遺体が着ていた服も外国製の生地を使った、高級品らしかったし、遺留品のバッグや、その中の所持品――ライター、万年筆、電気カミソリ、化粧道具ケース――といった小物類のすべてが外国製で、厭味《いやみ》なほど高級品揃《ぞろ》いだった。

所持品の中にあったおよそ五十万円ほどの現金や、キャッシュカードなどのカード類各種はそのままになっていたから、カネ目当ての犯行ではないらしい。

バッグの中身はほかに読みさしの雑誌。新下関からの乗車券。書簡が数葉。

その書簡の中に、妙な封書が一つあった。封書の宛先《あてさき》は「永野仁一郎様」だが、裏の差出人の名が「耳なし芳一《ほういち》」となっていたのである。もちろん、住所はない。

「耳なし芳一……なんだ、これ？」

手島は呆《あき》れて、しばらくそのけったいな名前を見つめていた。近くにいる客が妙な顔をこっちに向けた。

「耳なし芳一というと、平家物語を語った琵琶法師《びわほうし》の、あれですよね」

宿井が脇《わき》から手島の手元を覗《のぞ》き込んで、言った。

「ああ、そうだ」

「どういうことでしょうか？　冗談か、それともいたずらですかね？」

「冗談やいたずらにしても、あまり趣味のいい名前じゃないな」

おそらく筆ペンで書かれたものだろう。なかなかの達筆だが、それだけにかえって不気味な印象がある。

手島は封書の中身を出した。

ごくありきたりの便箋《びんせん》の中央に、やはり筆ペンで「火の山の上で逢《あ》おう」と書いてあった。

「火の山の上で逢おう……ですか」

今度は宿井が声に出して読んだ。

「ああ、それだけだな。ほかには何も書いてない」

手島は便箋を引っ繰り返したり、窓の明かりにすかしてみたりした。

とたんに列車は新丹那《しんたんな》トンネルに入った。これから小田原《おだわら》を過ぎるあたりまではトンネルつづきだ。ゴウゴウという音が邪魔になって、会話をするのが億劫《おっくう》になる。

「ところで、この事件はどこの扱いになるのですかね？」

宿井が大声を挙げて、訊《き》いた。

「そりゃ、うちの署で扱うことになるだろうな」

手島警部もうろ憶《おぼ》えだが、列車内での事件は最初に停車した駅のある所轄警察署で取り扱うのが原則だから、彼の判断は正しいことになる。

「だとすると、私としてもはじめての経験ですなあ」

ベテランの宿井部長刑事が、いくぶん緊張ぎみに、しかし興味津々《しんしん》という表情でそう言った。

4

新横浜駅を通過して、クローズされた食堂車から、一般乗客が出て行ったが、そのうちの一人が引き返してきた。やや長身の、まだ青年といってもいい、三十前後の男である。白いスポーツシャツの上に、ほとんど洗い晒《ざら》しみたいな、淡いブルーのブルゾンを羽織っている。

「先程、お二人が話していらっしゃるのを、ちょっと小耳に挟んだのですが」

男は頭を下げながら、二人の捜査官のあいだに割って入るように近づいた。

「なんでも、火の山がどうしたとかおっしゃっていましたね？」

「ああ、そうですが……おたくさんは？」

宿井は胡散臭《うさんくさ》そうな目を男に向けた。

「いえ、名乗るほどの者じゃないですけど、火の山というのに心当たりがあるもので、ご参考までにお教えしておこうかと思ったものですから」

「ふーん……」

手島警部は坐《すわ》り直して男に面と向きあった。

「おたくさん、火の山というのが何か、知っているんですか」

「ええ、といっても、知っているからってべつに自慢できるほどの知識ではないのですけど、火の山というのは、たぶん下関にある山のことではないかと思いますよ」

「えっ、下関にそういう名前の山があるのですか？」

「ええ、あります。ここにガイドブックを持っていますから、もしなんだったらご覧ください」

　青年は親切にもガイドブックまで用意して、刑事に説明するつもりだ。こういう好意に対して、警察の人間は素直に感謝するよりも、どちらかというと懐疑的になる。

　宿井は何か胸に一物《いちもつ》でもあるのじゃないか——と、青年の様子を窺《うかが》った。

　しかし青年のほうは頓着《とんちゃく》なく、さっさとテーブルの上にガイドブックを広げて、「火の山」の部分を示した。

　なるほど、たしかに「火の山」は下関の観光名所であった。壇ノ浦に面してそそり立つ標高二百六十八メートルの山である。標高はさほどでもないが、海からいきなり立ち上がるだけに、頂上からの眺望はすばらしいにちがいない。頂上まではロープウェイがあるのだそうだ。

——圧巻は何といってもこの山から見る関門橋。海峡の青と周囲の緑に、直線と曲線の幾何学的なラインがくっきりと浮かぶ。ことに、関門橋にライトがともる夜景はいちだんと美しい。


そんな具合に説明してある。

「なるほど、たしかに火の山ですなあ……」

手島は頷《うなず》いた。

「それに、殺された被害者の方も、新下関からこの列車に乗ったのだそうですから、その火の山のことと思って間違いないと思いますが」

青年は追い打ちをかけるように言った。


「そうでしょうな」

「ただ、差出人が『耳なし芳一』だとか聞いたのですが、それは……」

「あんたねえ」

宿井が青年の饒舌《じょうぜつ》を制した。

「ひとの話をよく聞いていたみたいだが、困るんですなあ」

「しかし、盗み聞きしようと思って聞いたわけじゃなく、そこのテーブルにいたら耳に入ってきたのですから」

「いや、そりゃ分かるけどさ、一般の人に捜査に首を突っ込まれるのは困るって言っているのですよ」

「そうですか……」

青年は鼻白んだように黙って、ガイドブックを取ると、バッグにしまいかけた。

「まあまあ」と、手島は宿井を抑える手付きをして言った。

「せっかくこうやって教えに来てくれたのだから、われわれとしても感謝しなければいけないでしょう。あらためて礼を言わせていただきますよ」

一応、青年に頭を下げておいてから、言った。

「ところで、あなたのお名前と住所を聞かせていただきたいのですがね。私は滋賀県警米原警察署刑事課長の手島、こちらは宿井君という者です」

「僕は……」

青年は名乗りかけて、ポケットから名刺を出した。

(浅見《あさみ》光彦《みつひこ》　東京都北区西ケ原《にしがはら》――)

「浅見さんですか。肩書きがありませんが、職業は何ですか?」

「フリーのルポライターみたいなことをやっています。じつは、今回、下関の歴史と観光について取材してきたばかりのところだったのです」

「なるほど、それで詳しいわけですか。いや、どうもありがとう、感謝しますよ」

手島は立って、浅見を送り出そうとした。列車はもう、東京の市街地を走っている。あと数分で東京駅に到着するころだ。

浅見青年が回れ右をしたとき、入り口から手島の部下が男と女を連れてドヤドヤと入ってきた。

「課長、この人がですね、犯行を自供するもんで、困っているのです」

刑事はいいかげん疲れた――という顔で訴えた。

「犯行を自供した？」

手島は呆《あき》れ、すぐに怒った。

「ばかなことを言うな、犯行を自供されて怒る刑事があるか。それじゃ加害者はその女性なのか？」

「あ、いや、そうでなくてですね、こちらの男性が殺しをやったのは自分だと主張しているのです。女の方は参考人として来ていただいたわけで」

女性は大きなスーツケースを重そうに床に下ろし、肩で息をついた。

「どういうことかね、きみ？　犯人は女性だと言っているじゃないか」

手島は眉《まゆ》をしかめた。

「はあ、自分もそう言ったのですが、この人は殺人を犯してきたと言ってですね……ちょっと酔っているらしいのです」

「自分は酔ってなんかおらんです」

男は神妙な顔で小さくなって言った。

「ちゃんと人殺しをしてきたです」

「ふーん、それじゃ訊《き》くが、いったい、誰を殺したのかね？」

手島は落ち着いて訊いた。

「名前は……保岡《やすおか》いうヤクザもんです。ここんとこ、うちのシマまで来てのさばりおってから、腹が立って殺《や》ったです」

「どこで？」

「下関の駅裏です。女のところから朝帰りするのを待ち受けて、ズブリやりました。あの野郎、威張りくさっておるのに、助けてくれいうて、泣きおったです」

男は興奮して、鼻息が荒くなった。

「そういうわけであります」

連れてきた刑事は申し訳なさそうに、手島課長の顔を上目使いに見た。

「しかし殺しを自供しているのは事実じゃないか」

「いえ、それがですね、下関のほうに問い合わせしたのですが、該当するような事件は発生していないのです。殺人事件はおろか、傷害事件もありません」

「刑事さん、それはやね、野郎が届け出とらんだけですがな。課長さん嘘《うそ》やおまへん、自分はほんまに殺《や》っとるのです。信じてくれませんか」

男は泣きそうな声で訴えた。

「分かった分かった、信じますよ。その代わり、こういう事件は被害の届け出がないとあんたを逮捕するわけにいかんのです。住所と氏名を控えておいて、あとで連絡しますから、今日のところはお引き取りください。きみ、いいね」

刑事に顎《あご》をしゃくってみせた。

「それがですね課長」

刑事が当惑しきって、言った。

「名前はともかく、住所地がですね、いいかげんなことを言っているもんで、困っているのです」

「そうなんです、困るんです」

脇《わき》に控えていた女性が、はじめて口をきいた。

「この人、私の家の住所を言うんです。下関市長府——というのは、私の家の住所なんです。そんなの、困ります」

「そうかて、自分には決まった家がない言うてるのに、刑事さんが何がなんでも住所を言えいうもんやさかい……」

男は恨めしそうに刑事を見て、言った。

「だからってあんた、でたらめの住所を言うことはないじゃないか」

「でたらめやないです。そこにはちゃんと家があるし、人も住んではります。なあ、そうでっしゃろ？」

女性に訊いた。女性は呆《あき》れて目を丸くして「当たり前ですよ」と言った。

「ほれ、言うたとおりでしょうが。そやから、そこの住所に手紙を出してもろたら、ときどき連絡するようにしますさかい」

男は得意そうに言ったが、女性ははげしくかぶりを振った。

「だめよ、だめだめ、自分一人で勝手に決めないでよ。そんなことしたら、父が怒るわ。私だって父と喧嘩《けんか》みたいにして出てきて、今度はいつ家に帰れるか、分からないっていうのに」

「ほう……」

刑事が気色《けしき》ばんだ。

「そしたら、あんたさっき言った住所、そこには当分帰らないと言うのですか？」

「えっ……」

女性は（しまった——）という顔をした。

「困りますなあ、おたくさんまでがいいかげんなことを言っていたんじゃ。ちゃんとした住所地を教えてくれませんか。でないと連絡しようがないですからね」

「そんなこと言ったって、まだ東京でどこに落ち着くか、決めてないんですもの」

「というと、家出をしてきたのですか？」

「家出って……もう子供じゃないのだから、一人でどこへ行こうと私の勝手でしょう。とりあえずホテルに泊まって落ち着き先を探すつもりですよ。それより、とにかくその人が私の実家の住所を使うのだけはやめてもらってください」

「どうでしょうか」

浅見青年がおそるおそる口を挟んだ。

「なんでしたら、僕の家の住所を連絡先に使ってもいいですよ」

「は？……」

女性も男も刑事課長も刑事も、いっせいに浅見青年の顔を見つめた。唐突な申し出に戸惑いながら、そういう解決方法もあるかな、という気運になっている。

ただ一人、宿井部長刑事だけがそっぽを向いた。

（また物好きが一人現れて、話をややこしくしなければいいが――）という顔であった。

第二章　消えた「女」

1

どんなに頭のいい者でも、あとになって考えると、なぜあんな馬鹿《ばか》なことをしてしまったのだろう——と悔やむような経験は、人間誰《だれ》しもいくつかはあるものだ。

それにしても、浅見光彦にはそういう後悔が多すぎる。

自分では充分、思慮深く行動しようと心掛けているつもりなのだけれど、ひょっとしたはずみに、いかなる天魔に魅入られたか——というような軽率を、しばしばやってのけるのである。

新幹線で発生した殺人事件のとばっちりのように、まるで関係のない人物——それも男女ひと組の身元引受人みたいなことになってしまったのも、浅見のその悪い癖が出たとしか考えられない。

気がついたときには、実際はともかくとしても、「自称殺人犯」と「家出娘」の連絡場所として自宅の、少なくとも電話を利用させる約束をしてしまった。

居候の分際で――である。

家長である警察庁刑事局長ドノの兄に断りもなしに――である。

おまけに、恐怖の賢母・雪江《ゆきえ》未亡人の存在を無視して――である。

「殺人犯」や「家出娘」それに米原《まいばら》警察署の捜査官連中を前に、「僕の家の住所を連絡先に使ってください」と口走った瞬間、そういったもろもろの現実が、吐きだした言葉の後ろから、坊主地獄の溶岩の泡のように次々に姿を現した。

浅見は（またやってしまった――）と、自分の軽率に呆《あき》れ返った。

全員の目が自分に集中しているのを見て、これはえらいことになるぞと反省した。

「あ、いや、しかしこれは余計なお節介というべきなのでしょうね。ははは……」

浅見は出来の悪いセールスマンのような追従《ついしょう》笑いをした。

「どうも、生意気な差し出がましいことを言ったりして、すみません。いまの提案はなかったことに……」

「いえ、お願いします」

浅見の尻込《しりご》みを叱咤《しった》するような勢いで、「家出娘」が言った。

「私は東京に親戚《しんせき》も知り合いもないんです。ですから、警察からの連絡先に浅見さんのお宅を使わせていただければ、ほんとうに助かるんです。お願いします」

「わしのほうも、なにぶんよろしゅうお頼み申し上げやす」

「殺人犯」も手を膝《ひざ》まで下げて、四十五度の傾斜でお辞儀をした。

「手前、姓名は高山隆伸《たかやまたかのぶ》。生国と発しますのんは大阪です。大阪の羽曳野市《はびきの》。羽曳野市の……」

「あの、ちょっと待ってください」

浅見は慌てて、殺人犯・高山隆伸の前かがみになった肩を押えた。

とたんに高山は浅見の腕を払い除《の》け、キッと身構えて「何さらすねん！」と言いざま、バッグの中に手を突っ込んで白鞘《しらさや》の短刀を摑《つか》み出した。

もっとも、高山はすぐに自分のしていることに気付いたから、さすがに短刀を抜き放つところまではいかなかったけれど、条件反射というのは恐ろしいものではある。

浅見はもちろん、警察官たちもサッと身を退けた。高山は突き刺さる非難の視線に晒《さら》されて、真っ青になった。

「あ、すんまへん、わいが悪いのやないのです。この手が勝手に動きますねん」

泣きそうな顔になって、短刀を摑んだ手を見つめながら、しみじみと呟《つぶや》いた。

「この手ェが、何人のホトケさんを作り出したことやろかなあ……」

高山を連れてきた刑事が（また始まった——）というように、手島警部に首を横に振ってみせた。

「この男、明らかに誇大妄想ぎみであります」という合図だ。

高山はひたすら恐縮して、もう一度ふかぶかと頭を下げ、鞘に入ったままの短刀を浅見に差し出した。

「だんな、これ、預かっといていただけまへんか、いや、わいのいのちごと、だんなにお預けいたしやすさかい、よろしゅうおたのもうします」

「私もお願いします」

家出娘もあらためてお辞儀をし直した。

「私は池宮果奈《いけのみやかな》といいます。果物の果に、奈良の奈って書きます。齢《とし》は二十四歳。マンガ家志望です」

「困ったなあ……」

浅見は心底、困った。

「困らないでください」と池宮果奈はすがるような目になった。

「ご迷惑をおかけするようなことはしませんから。それに、落着き先が決まるまでのことですので」

「そうですな」

手島警部も脇《わき》から口添えした。

「面倒見て上げてくれませんかね。浅見さん――でしたか。もともとあなたが言い出したことだし、お二人さんもその気になっているのですからな。いや、しかしまあ、こっちの高山さんのほうはどうでもいいとしてです、お嬢さんのほうはひとつ、頼まれてやってくださいよ」

「そんな、どうでもええいうのは殺生でっせ。わいのほうかて頼みますがな」

高山は短刀を差し出したまま、不安そうに言った。断りでもしたら、短刀がいつ抜き身になるか知れたものではない。

「分かりました」

浅見はついに観念して頷《うなず》いてしまった。その瞬間から、事態はまったく浅見の予想もしない方向へ向かって動き出すに違いないのだ。それもたぶん、平和な明るい未来が約束されているはずがない。

「ただし、一つだけ条件があります」

浅見は、まるで死刑囚がこの世の名残に最後の煙草《たばこ》をねだるような口調で言った。

「このことは僕だけの問題ですから、家の者には内緒にしておいてください。何しろ僕は居候みたいな身分でして、こんな災難……いや、重要な役割を引き受けたなんてことがばれると、立場上、きわめて具合が悪いのです。そういうわけですので、電話をかける場合には、友人からだとおっしゃってください。とくに、警察だとか、そういう単語は絶対に禁物ですので、よろしくお願いします」

「分かりました」

手島警部は寛大に頷いて、池宮果奈と高山隆伸にも「よろしいですな」と念を押した。むろん、二人に異論があるはずはない。

浅見は二人の「お荷物」にあらためて住所、氏名と電話番号を教えた。さっき手島に渡した名刺が最後の一枚だったので、口頭で伝えることになった。

池宮果奈は女性にしてはやけに大きめの、黒革のカバーのかかったノートに、丸っこいマンガ文字ですばやくメモを取った。ページをめくるときに、あちこちにマンガの簡単なスケッチがあるのが見えた。高山隆伸のほうは——どこかの店でかっぱらってきたらしい箸袋《はしぶくろ》を広げ、そこに「あさみみつひこ」と書いて、電話番号の数字だけをメモった。平仮名を書くのにも苦労していたくらいだから、文字を書く習慣がほとんどないにちがいない。

そういう作業がやっとこさ終了したころには、列車はとっくに東京駅に着いて、車内清掃が始まっていた。

車掌に急《せ》かされるようにしてプラットホームに出ると、手島警部は三人の民間人をグルッと見渡して、「ご苦労さまでした。今後ともご協力願います」と頭を下げた。

池宮果奈はすっかり疲れた顔で、「どうもお世話になりました。たぶんもうお会いすることもないと思いますけど」と、まるで疫病神と訣別《けつべつ》するように挨拶《あいさつ》して、重いスーツケースのキャスターをガラガラ鳴らしながら、足早に歩きだした。

高山殺人犯が慌てて、「そしたらだんな方、ごめんやして」と頭を下げ、果奈を追い掛けて行った。

2

プラットホームの一角に、米原署の刑事たちが集まった。手島から各自適当に帰投するよう指示されると、せっかく東京に来たついでだからと、土産物《みやげもの》でも買うつもりなのか、思い思いに散って行った。

あとには手島警部と宿井部長刑事、それに浅見光彦が残っていた。

「おたくさんも行っていいですよ」

宿井が浅見に向けて、野良犬でも追い払うような手付きをして言った。

「はあ、ありがとうございます」と浅見は言いながら、かえって宿井の顔に顔を寄せて訊《き》いた。

「ところで、事件解明の手掛かりはあるのでしょうか？」

「そんなもん、あるはずがないでしょう」

宿井は憮然《ぶぜん》としてそっぽを向いた。

「だいたい、さっき起こったばかしの事件じゃないですか」

「はあ、しかし、いわば密室のような列車内での殺人事件ですから、犯人は少なくとも名古屋駅までは逃げる方法がなかったと思うのですが」

「それが消えてしまったから不思議だと言っとるんです。トイレから座席の下にいたるまで、猫の子一匹たりとも見逃しっこないのに、どこにもそれらしい若い美女はおらんのですからなあ」

よほどいまいましいにちがいない。宿井は浅見に不愉快をぶつけるような口調だ。

「それなのですが」

浅見は首をひねって言った。

「どうして若い美女だけを探したのですかねえ？」

「ん？……」

浅見の言い方が、警察の捜査の失態を指摘するように聞こえたのか、宿井はものすごい目で浅見を睨《にら》んだ。

「どうしてですと？　そりゃあんた、犯人が若い美女だからに決まっとるでしょうが」

「そう決めてしまって、はたしてよかったのでしょうかねえ」

「よかったも悪かったも、犯人は若い美女だという目撃証言がいくつもあったのですぞ。ほかに怪しい人物はまったく浮かび上がらなかった」

「でも、その若い美女を探して、結局、誰ひとりとして該当者がいなかったのは事実なのでしょう？」

「いや、そうとは言い切れん。あの池宮果奈という女性はたしかに若い美女です」

「まさか……」

浅見はつい苦笑して、宿井の心証をいっそう悪くした。

「あんた、そんなふうに小馬鹿にしたように笑うがね、彼女があの列車に乗っておって、しかも目撃証言に当てはまる若い美女であることは、これは確固たる事実ですからな」

「いや、あの人は違いますよ。アリバイだってあるのでしょう？」

「アリバイ？　そんなもん、警察の力をもってすればどうにでも……」

言いかけて、宿井はさすがに口を押さえた。

「どうにでも何ですか？」

浅見は眉《まゆ》をひそめて訊いた。

「彼女がいくら否認しても、警察の力をもってすれば、自供に追い込めるとでもいうのですか？　ついこのあいだも大阪府警でそういう事例がありましたね。精神的な拷問を加えたり、自白を誘導したり……そういう無理押しをするから、冤罪《えんざい》事件が絶えないのじゃありませんか。そもそも警察は、真相を解明することより、犯人を特定することに……」

「生意気を言うな！」

宿井は怒鳴った。それまでは抑えた喋《しゃべ》り方をしていたし、ホームの喧騒《けんそう》で誰も気付かなかったが、宿井の大声に周囲の人々がいっせいにこっちを見返った。喧嘩《けんか》でも始まったと思ったにちがいない。

「まあまあ……」

手島警部が笑顔をとりつくろって、二人を制した。

「ここでは何だから、むこうへ行きましょうや」

浅見の腕を取って歩きだした。ニコニコ笑ってはいるものの、警察の痛いところを衝《つ》かれて、内心は面白くないはずだ。腕を摑《つか》む手に力が入った。いっそ、公務執行妨害容疑で手錠でもかけたいのかもしれない。

駅の事務室の片隅を借りて、話のつづきが始まった。

「浅見さんか、あんた、警察に対してだいぶ不満がありそうですなあ」

「いえ、不満だなんて、そんなことはありません」

浅見はひたすら低姿勢に徹した。ここに来るまでのあいだに、またしても自分の軽率を悔やみ、すでに闘争意欲を喪失している。まして警察に楯突《たてつ》くなど、思いもよらないことである。何しろ、彼が食客でいる家の当主であるところの兄・陽一郎《よういちろう》は、れっきとした警察庁のおえら方なのだから——。

「しかし、あんた、われわれの捜査にだいぶケチをつけたじゃないですか」

「ケチだなんて、とんでもない。ただ、素人考えなりに、殺人犯が若い美女だと決めつけてしまって、はたしていいのかなあとか、そんなふうに漠然と思ったもんで……」

「それが気に入らんのだ」

宿井がまた怒鳴った。

「いくら素人だからちゅうて、いや、素人だからこそ、われわれ刑事が懸命にやっとることをだな、アホよばわりをしたのは許せんちゅうとるんだ」

「アホよばわりなんかしていませんが……」

浅見はいっそう体を縮めて、上目遣いになりながら、それでも言うべきことははっきり言うことにした。

「でもあれですよ、犯人が若い美女だと決めつけたのは、失敗だったと思いますよ」

「まだ言ってる……」

手島は呆《あき》れたように吐息をついた。

「あんたも強情な人だな。それじゃ自分からも訊《き》くがね、あんた、警察が目撃証言に基づいて美女を探した方法に、何か欠陥があったとでも言うのかね？」

「はあ、そういうことになります」

「しかしあんた、宿井君も言ったとおり、われわれはそれこそ猫の子どころか、ゴキブリ一匹見逃さないほど、きちんとした捜査をやったつもりだが、それでもついに美女は発見できなかったのですぞ」

「一つだけ確認したいのですが」

浅見はおそるおそる言った。

「その美女が京都で降りた可能性はないのでしょうか？」

「ああ、それはないですな。目撃者はひとしく、犯人の美女が席を立ったのは、列車が京都を発車したあとだと言っていた。もっとも、中に一人、美女が見つからないと知って、ひょっとしたら、あれは京都の手前だったのか——などと、自信を無くした者もおるにはおりましたがね」

「それともう一つ、米原駅で脱出した可能性はどうでしょうか?」

「そんなもん、絶対にあるはずがない」

「それだったら、結論はただ一つしかありませんよ」

浅見はようやく元気を取り戻して、笑顔になった。

「犯人は美女なんかではなかったのです」

「なに?……」

手島は宿井と顔を見合わせた。

「つまり、目撃された美女以外に犯人がいるというのかね?」

「いや、そうではなく、もともと美女なんかいなかったのですよ」

「なんだと?」

「それだけ探して、列車内のどこにもいなかったのでしたら、もともと美女なんていなかったと考えるほかはないでしょう。そうではありませんか?」

「あっ……」

手島は瞬間、気がついたが、宿井は何のことやら分からずに、警部とルポライターの顔を見比べている。

「そうか……なるほど、それは迂闊《うかつ》だったかもしれないな……」

手島は悔しそうに宿井に視線を送った。

「何でしょうか？　何か迂闊なことをやったのでしょうか？」

「ああ、その可能性もある。浅見さんが言うとおり、もともと美女なんかいなかったのかもしれん」

「そんな……警部、目撃証言は一致して、犯人は若い美女だったと……」

「だから、それに騙《だま》されたのだよ、きみ。分からんのかね、美女はカツラを取れば、若い男になる」

「へっ？……」

宿井はキョトンとした目になった。

3

『新幹線殺人事件』はセンセーショナルなニュースとして、テレビを賑《にぎ》わした。同じようなタイトルの推理小説があるけれど、そっちのほうは、あくまでもフィクション、こっちは現実に起きた怪事件である。

殺された永野仁一郎は「永仁産業株式会社」の元社長、現取締役相談役だという。永仁産業は鉄鋼関係を中心とする商事会社で、現社長は永野の長男であることも、ニュースで報じられていた。

永仁産業の名前は浅見も知っていたし、前社長である永野仁一郎の名前も、たぶん経済紙か何かで目にしたことがあるのか、記憶の片隅にこびりついていた。

浅見の家の人々も、もちろん、そのニュースに無関心ではなかった。殺人犯と目される「若い女」が、走行中の列車内から忽然《こつぜん》と姿を消したという奇怪な事件であっただけに、ひまつぶしの話題としては上等すぎるものであった。夕食がすんで、子供たちが部屋に引っ込んだあとのテーブルで、いちばん最初にその話題を口にしたのは、ふだんはごく慎ましいはずの、兄嫁の和子《かずこ》である。

「とっても不思議な事件なんですってねえ。光彦さん、ご存じなのでしょう?」

「はあ、ニュースで見ました」

浅見はギクリとしながら、答えた。

「光彦さんが下関から帰っていらっしゃったのと、ほとんど同じころに事件が起きたみたいでしてよ。いっそ、同じ列車に乗ってらっしゃればよかったのにねえ」

「よくありませんよ、そんなこと」

雪江未亡人が眉《まゆ》をひそめて、長男の嫁を窘《たしな》めた。

「そうでなくても、光彦は野次馬根性がありすぎるオッチョコチョイですからね、もし乗り合わせでもしたら、早速、よけいなチョッカイを出すに決まっています」

「でもお母様、光彦さんがその場にいらっしゃったら、犯人はとっくに捕まっていたかもしれませんわ」

「ほほほ、和子さん、あなたの弟想《おも》いは大変ありがたいことですけれど、それは買い被《かぶ》りというものよ。たしかにね、これまで一つか二つ、警察の捜査に役立つようなことをしたかもしれませんけれど、それは偶然のこと。それよりも、陽一郎さんに迷惑をかけることのほうが何倍も多いのです」

「そうおっしゃいますけど、お母様、パパも光彦さんのこと、褒めていますのよ。あいつには私にはない妙な才能がある——って」

「妙な——でしょ。ほんと、それはわたくしも認めるわね」

雪江はジロリと次男坊を見て、溜《た》め息をつくように言った。

「ほんとうに光彦は変わった子ですよ」

「すみません」

浅見はとりあえず謝っておいて、そそくさとコーヒーを飲み干すと、自分の部屋に退散することにした。これでもし、次男坊があの事件に「チョッカイ」を出したと知れたら、いったい何を言われるか——と想像するだけで、身の毛がよだつ。

部屋に入ってほっとしたのも束《つか》の間、お手伝いの須美子《すみこ》が「坊ちゃま、お電話ですよ」と呼びに来た。いくらやめてくれと言っても、須美子の「坊ちゃま」は直りそうもない。近頃《ちかごろ》では浅見のほうもすっかり諦《あきら》めて、何も言わないことにしている。

「手島さんておっしゃる方です」

「手島？　さあ、どこの手島かな？……」

浅見はとぼけた。

「米原商事の手島とおっしゃってましたけど、なんだか違うみたいです」

「えっ？　違うって、どうしてさ？」

「私の勘によれば、警察の人みたいな感じがしたもんで」

「警察……嘘《うそ》だろ、そんなの……」

須美子の勘のよさには、いつだってギョッとさせられる。いや、須美子に限ったことではない、女性にはほとんど動物的としか思えないような直感力があるらしい。そういう女性と毎日同じ家で暮らし、管理されることを想像すると、結婚への意欲が削《そ》がれるのである。もっとも、現在の浅見だって、母親と義姉と須美子に監視され管理される毎日であることに、あまり変わりはないみたいなものだけれど……。

「……そうか、米原商事の手島さんね、以前に会ったことがある人かもしれないな」

浅見は急遽《きゆうきよ》、思い出すことにした。

「さあ、どうでしょうか」

須美子は冷やかな目で、愛すべき次男坊の狼狽《ろうばい》ぶりを眺めつつ言った。

「でもご心配なく、大奥様には何も申し上げないことにしますから」

「あ、当たり前だよ。頼むから須美ちゃん、くれぐれも妙なことは言わないでね」

つい猫撫《ねこな》で声になった。

電話は案の定、米原警察署の手島警部からであった。「どうです、米原商事というのは見事なものでしょう」と自慢した。

「あまり見事とは言えませんが、まあいいでしょう。それより、何でしょうか?」

「いや、あれから浅見さんの指摘した疑問について、あれこれ考えましてね。つまりその、犯人と思われた若い美女は、若い男の変装ではないかという、あれですが、どうも、考えれば考えるほどそのセンが強いような気がしてきました」

「そうでしょう、それしかありません」

「それでですね、今後の捜査方針としては、その観点から進めることにしたい。それも犯人には知られないように、隠密裡《おんみつり》にことを運びたいのです」

「つまり、犯人を騙《だま》そうというわけですね」

「そのとおり。よってもって浅見さん、あなたの口からそのことが洩《も》れては困るのですよ。ひとつこの際は警察に協力していただいてですね、当分のあいだ——つまり、犯人の目処《めど》がつくまでは、この件については沈黙を守っていただきたい。とくにマスコミ関係に対しては、絶対に口外していただいては困ります。よろしいですな」

「それはまあ、警部さんがそうおっしゃるのなら、僕も黙っていますよ」

「そうですか、それはご協力感謝します」

「ただしですね、それには一つ条件があります」

「条件? ほほう、警察に対して条件を突きつけるとは、あなたもなかなか度胸がありますなあ。ははは、まあいいでしょう。それで何です？　その条件とは」

「警察の摑《つか》んだ情報を、僕にも教えてほしいのですが」

「情報？　警察官に機密漏洩《ろうえい》をしろというのですか？　なるほど、あんたはルポライターでしたな。新聞社にネタを売りつけようという魂胆ですか。しかし浅見さん、そいつはだめですな。第一、いまも言ったとおり、当分のあいだは隠密裡にことを運ばにゃならんのですから」

「いえ、機密漏洩だとか、マスコミに売りつけるとか、そういうことではないのです。要するに、僕にも事件がどんなふうになっているのか、教えていただきたいという、ただそれだけのことなのです。単なる覗《のぞ》き趣味みたいなものです」

「ふーん、覗き趣味ねえ……いや、だめだめ、だめですな。警察は個人的な覗き趣味を満足させるために捜査を行っているわけではないですからな」

「そうですか、分かりました。それでは僕のほうも協力は撤回します。明日にでも早速、新聞社に犯人の素性を……」

「浅見さん、あんたねえ、警察をなめたらいかんなあ。早い話が、あんただって犯人である資格を充分もっておるのですぞ」

「僕が犯人？」

「そうでしょう。つまり、若くてなかなかのハンサムである点など、まさに若い美女に変装するにはうってつけの条件を備えておる。われわれがその気になりさえすれば、いますぐにでも警察に来ていただくようになるちゅうことです」

手島はドスのきいた声を出した。

「いいですよ」と浅見も負けずに、精一杯、ふてぶてしい声を作った。

「警察に連行なさるのなら、どうぞそうしてください。僕も望むところです。そのほうがいっそ、皆さんとじかにお話しできて、ありがたいくらいなものです」

「あんたねえ……」

手島は辟易《へきえき》したらしい。「警察を脅してどうするんです?」と、うんざりしたように言った。

「脅してなんかいませんよ。僕はあくまで警察の捜査に協力したい、善良な一市民にすぎないのですから。その証拠に、犯人が若い男性かもしれないって、ちゃんと警部さんにお教えしたじゃありませんか」

「うーん……分かりましたよ。まあなんですな、なるべく浅見さんの要望に応じるようにしましょう。その代わり、そちらもくれぐれも秘密を守ってくださいや。たとえ家の人といえども……いや、たとえ恋人といえどもです、もしそういう女性がいればの話ですがね。

よろしいですな」

最後には自棄《やけ》くそのように言った。

「ところで、捜査本部はどこになるのでしょうか?」

浅見は早速、質問を発した。

「捜査本部はすでに米原警察署内に設置しましたよ」

「米原ですか、遠いのですねえ」

「ははは、それが私にとっては、せめてもの救いですかな」

「被害者のデータを教えてくれませんか」

「そんなものは、新聞記事を読めば書いてあるでしょうが」

「とおりいっぺんのことは、ですね。しかし警察はもっと細かいことを知っているのでしょう?　警部さんは今日、永野家を訪れて事情聴取をしているはずですからね。たとえば、社会的あるいは私的生活の背景だとか、性質、性格、他人に恨まれるような点がなかったかどうか——といったことなんか、ぜひ教えていただきたいものです」

「うーん、あんたもしつこいですなあ……。分かりましたよ。とにかく捜査が始まったばかりですからな、大したデータは揃《そろ》っていないが、分かっているデータの中から、必要と思われる部分だけ抜粋して、郵送するようにしますよ」

手島は電話をかけたことを後悔するように、挨拶《あいさつ》も抜きに電話を切った。

長い電話を終えて、自室に戻るか戻らないかに、また須美子が呼びに来た。今度は機嫌の悪い顔をしている——と思ったら、やっぱり女性からの電話だった。

「池宮さんとおっしゃる、美しい方です」

「美しいって、そんなの、電話で分かるはずないじゃないか」

「分かりますよ。いま、池宮さんて言ったとたん、坊ちゃまの目が輝きましたもの」

「驚いたなあ、きみには名探偵の素質が備わっているよ」

「ほら、やっぱり……」

須美子は悲しそうな顔をして、背中を向けた。そのくせ、電話のあるリビングルームから、出て行こうとしない。男の手島からの電話のときは、あまり関心を示さなかったのに、大して必要もない片づけ物をするふりをしながら、浅見が受話器を握るのを目の端で捉《とら》えている。

「浅見さん、困っているんです」

池宮果奈はいきなりそう言った。

「やあ、どうも、その節はお世話になりました。お元気ですか」

浅見は首筋のあたりに須美子の視線を感じながら、堅苦しい挨拶をした。

「その節って……何を言ってるんですか？　あの、新幹線でお会いした池宮ですけど」

「はい、よく承知しております。それで、お仕事のほうは順調ですか？」

「順調なわけありませんよ」

「そうですか、それは結構ですねえ。で、いまはどちらに？」

「とりあえず、新宿《しんじゅく》のセンチュリーハイアットっていうホテルに泊まったのですけど」

「ああ、そこなら安心ですね、いいホテ……いや、いい会社です」

「でも、困っているんです」

「ほう、どうしてでしょう？」

「あの人がついて来て、離れないんです」

「あの方、とおっしゃいますと？」

「ほら、車内で一緒だったあの人ですよ。人を殺したとか言っていた高山さん」

「ああ、あのヤク……薬品会社の……」

「えっ？　あの、浅見さん、さっきから変なことばっかり言ってますけど、大丈夫なのですか？」

「えっ、ああ、もちろん立派な方ですよ」

「……そうか、分かったわ。そばで奥さんが聞いているんでしょう。そうだったんですか、浅見さんて独身だと思っていたのに、違ったのですか」

果奈は落胆した声を出した。

「そうじゃありませんよ、僕は……いや、彼は、決してそんなことはないのですがねえ。いい方だと思いますよ」

「よくありませんよ、すっごく迷惑しているんですから」

「迷惑……」

「ええ、ホテルでチェックインしたときも、フロントの人に、私の隣の部屋にしてくれって、頼んでいるんです」

「なるほど、それは近くていいですねえ」

「なんていうことを……浅見さん、真面目《まじめ》に答えてくれないと、奥さんに言いつけますよ。私の身元引受人になったことを」

「あ、それはまずい……いや、およしになったほうがいいと思います。私でお役に立つことがあれば、何でも言ってください。社長さんには日頃、いろいろお世話になっていますから。ついさっきも、米原商事の手島部長から電話がありまして、よろしく頼むというようなことをおっしゃってました」

「あははは、米原商事だって……おかしな人なんですねえ、浅見さんて」

「いや、僕ではなく、手島さんがそうおっしゃったのですよ」

「へえー、そうなんですか。じゃあ私もそうします。えーと、そう、池宮物産の令嬢っていうことにします。それから、あの人——高山さんは、父親が派遣したガラの悪いお目付役っていうのはどうかしら」

さすがにマンガ家志望だけあって、イマジネーションがどんどん広がるらしい。

「なるほど、それはいいアイデアですねえ。だとすると、あの方が近くにいるのは、むしろ当然ということになります」

「あら、ほんと、そうですね、じゃあ仕方がないか……」

果奈はすっかり陽気な声になっている。

「そうそう、浅見さんは何かしら……そうだわねえ、セールスマンじゃつまらないし……あ、探偵っていうのはどうですか？　少し頼りないヘッポコ探偵。それにしましょう、いいでしょう？」

すっかり、マンガのストーリーでも考えたつもりになっている。

浅見は電話のこっちで苦笑して、「はあ、まあよろしいのではありませんか」と、力なく答えた。

4

事件があった翌日は珍しく平穏無事な一日であった。浅見は下関の探訪記事を深夜までかかって完成させた。

その次の日、例によって十時近くまで眠りこけているところに、池宮果奈が二度目の電話をかけて寄越《よこ》した。

「浅見さんにお願いがあります」

寝惚《ねぼ》けた耳にも、彼女の妙に深刻そうな声は不気味にひびいた。

「はあ、何でしょうか?」

浅見はいくぶん警戒して、および腰の返事をした。

「身元保証人になってください」

「はあ? それはもう、すでにそうなっているはずですが」

「ああ、警察にはそうですけど、今度のは違うんです。出版社に提出する書類に、浅見さんの名前を書き込ませていただきたいのですけど」

「ふーん、そんなものが必要なんですか」

「ええ、必要なんです。昨日、出版社を訪ねたら、そう言われました。私のことを単なる家出娘ぐらいにしか思ってくれないのかもしれません。編集者は手紙では、東京に来ればすぐに仕事があるみたいな、調子のいいことを言っていたのに、ぜんぜん話が違うんです。やっぱり東京の人は冷たいですね」

「いや、それは東京の人間が冷たいのではなく、編集者が冷酷なのですよ」

浅見は『旅と歴史』の藤田《ふじた》編集長をはじめとする、冷酷無残な編集者の顔々を思い浮かべながら言った。

「そういうわけですから、書類の保証人のところに署名捺印《なついん》をしてください。お願いできますよね」

「はあ、それはいいですけど……」

「じゃあ、これからお邪魔します」

「あ、それ、だめ、だめだめ」

「だめなんですか？　どうしてですか？」

「それはあれです、場所がね、分かりにくいところだから……そう、僕のほうが出掛けて行きますよ。センチュリーハイアットのロビーで正午に会いましょう。お昼ご飯ぐらいご馳走《ちそう》しますよ」

「ほんとですか？　わァ、嬉《うれ》しい！……そしたら、正午、待ってます」

池宮果奈ははずむように言って電話を切りかけて、

「あ、そうそう」と思い出した。

「浅見さん、テレビのニュースや新聞、見ました？　一昨日《おととい》の事件のこと、出ていたでしょう」

「ああ、出ていましたね」

「それで、殺された人の写真を見たんですけど、私、あの人の顔、どこかで見たことがあるような気がするんですよね」

「えっ、ほんとですか？」

「ええ、写真だとはっきりしないんですけど、見た瞬間『あれっ？』って思ったんです。でも、あの人、東京の大田《おおた》区とかいうところに住んでいるみたいだし、勘違いかなって思って、もう一度見直したんですけど、やっぱりどこかで見たなあって……私って人の顔だとか、景色だとか、一度見たらしつこく憶《おぼ》えているんです」

「それじゃ、もしかすると、一昨日の列車の中で見ているんじゃないですか？」

「まさか、一昨日のことだったら、もっとはっきり憶えていますよ。そうじゃなくて、ぼうっと淡い記憶……何て言ったらいいのかなあ、ほら、思い出のアルバムの中に偶然写っていた、どこかのおじさん――みたいのって、あるでしょう。そういう感じです」

「ははは、面白いこと言いますね」

浅見は笑ったが、マンガ家にでもなろうという人間の観察力だとか記憶力だとかいうものは、案外、ばかにできないのかもしれない――とも思った。

十一時過ぎ、そろそろ新宿へ出掛けようかと思っているところに、手島からの速達便が届いた。警察官だけに、約束したことはきちんと履行する性格らしい。

金釘流《かなくぎりゅう》だが几帳面《きちょうめん》な文字で、被害者のデータを書いてある。

永野仁一郎《ながのじんいちろう》　七十二歳
本籍地　大田区田園調布《でんえんちょうふ》――
現住所　右に同じ
職　業　永仁《えいじん》産業株式会社相談役
家　族　本人と妻依江《よりえ》、長男継仁《つぐひと》及びその妻弘美《ひろみ》、息子の敏仁《としひと》、娘の真奈美《まなみ》、及びお手伝いの沢田正子《さわだまさこ》。ほかに次男夫婦と孫が東京都渋谷《しぶや》区内に住んでいる。
趣　味　囲碁　盆栽　俳句　旅行

以下、経歴だとか性格だとか、警察がこれまでに調べたことが書いてあるけれど、さっと読んだかぎりでは、とくにどうという特徴のないキャラクターのようだ。
事件の概要については次のように記されてあった。

発生場所　東海道山陽新幹線上り「ひかり52号」11号車内
発生時刻　十二時五十八分頃
発生状況　右列車が京都駅を発車してまもなく11号車2番D席の乗客であった被害者が突然苦しみだし、席から立ち上がり、前方トイレ方向に歩きながら倒れ、そのまま死亡するにいたったものである。
その際、当該被害者が「毒だ、あの女にやられた」と発言しているのを、周囲にいた目撃者数名が聞いている。
当該被害者の座席の隣（2番C席）には若い女性が坐っていたのを周辺の乗客が目撃している。その女性の年齢はおよそ二十歳～三十歳程度。身長百六十～百六十五センチ前後と見られ、髪は黒く肩付近までの長さがあった。なかなかの美貌《びぼう》で服装は茶色系統の地味なワンピース姿だったと記憶されている。

当該女性は新下関駅からすでに乗っていたと見られるが、列車が京都を発車した直後、席を立って車両の後方へ立ち去ったまま、ふたたび姿を見せることはなかった。

死　因　被害者の死因は解剖の結果、アルカロイド系毒物による急性心不全と考えられる。服毒の方法は不明。

捜査状況　事件発生後、鉄道警察隊よりの連絡により、滋賀県警米原警察署刑事課ほかが直ちに出動、米原駅に緊急停車した当該列車に乗車、乗客の主として若い女性を対象に聞き込み調査を行うなど、犯人もしくは容疑者の特定を急いだが、目撃証言に該当するような人物の発見には到らず、名古屋駅以降は、逐次、乗客の降車を認めざるを得ない状況になった。

それ以後の経過については何も書いてなかったが、それはすでに浅見も承知している。要するに警察は目撃証言を重視するあまり、浅見のような柔軟な対応をすることができずに、密室状態にあったにもかかわらず、犯人を逃走させてしまったのだ。

もっとも、ひと列車の乗客数は五、六百名に上るだろうから、名古屋駅到着までのあいだに、犯人を割り出す作業が行えたかどうかは疑問だが——。

問題は二つある。第一に、被害者の永野があいう殺され方をしなければならなかった、その理由——逆に犯人側からいうと、殺害の動機は何か——ということである。これがまったく分からないらしい。これまでに警察がひとわたり調べた段階では、永野には他人に恨まれるような事情は何もないというのである。

前述したように、永野には二人の息子《むすこ》と三人の孫がいる。妻と、長男夫婦と二人の孫と一緒の暮らしは、至極平穏なものであって、人間関係もうまくいっているそうだ。

その家族たちはもちろん、隣近所や会社の人々の誰もが、永野について、まったく判でおしたように、真面目《まじめ》で一本気で几帳面《きちょうめん》というイメージを抱いていた。

永野は自分が創立者である「永仁産業株式会社」の社長を長男に譲り、自分は相談役として退き、現在は会社のことに口出すことも少なく、悠々自適の日々を送っている。

朝起きてから、夜寝るまで、永野の一日の生活のサイクルは、寸秒の狂いもないほど、正確なリズムを刻む。会社に出ていたときは、稀《まれ》に設計どおりにはいかないこともあったが、一線を退いてからはきちんとしたものだった。

趣味は気の合った友人とザル碁を囲むほかは、俳句と盆栽をいじることと旅行。年に三、四回は独りでぶらりと旅行に出掛けた。それも、国内旅行に限り、海外旅行へは、たとえ知り合いから誘われても絶対に行くことはなかったそうだ。

海外へ行かない理由は飛行機嫌いのせいだというのだが、それを証明するように、国内の遠いところへ行くにも、飛行機は一切、利用していないらしい。

というわけで、永野が殺されなければならない理由は、いまのところ、どこを掘り返しても出てこない。

しかし永野は死んだ。

死因は服毒死である。自殺でないかぎり、事故死か、あるいは殺されたかのいずれかだと考えるほかはない。しかも永野自身、「あの女にやられた」と言っているのである。

動機が何であるのか、また、「あの女」がじつは男であったかどうかはともかくとして、状況的にはやはり殺害されたとしか考えられない。

手島が送ってきた書簡からは、動機その他の推測を要する部分については、まったく触れていない。あくまでも現時点で判《わか》っている事柄が記されているだけである。したがって、例の「耳なし芳一」に関する記述もなかった。

そう、この事件の第二の謎《なぞ》は、その「耳なし芳一」という差出人名の、奇妙な手紙である。

――火の山の上で逢《あ》おう――

たったそれだけの文面だが、受取人が殺されたことと思い合わせると、百万言をついやして書いた脅迫状よりも、はるかに不気味な気配が感じとれる。

浅見は家の人間の目に触れないように、手島の書簡をソアラのダッシュボードに突っ込んで、新宿へ向かった。

センチュリーハイアットのロビーに入って行くと、すでに池宮果奈はフロントの前に立って待っていた。赤いブラウスが、まぶしいほどに目立った。そこから少し離れたところには、高山隆伸がひっそりと肩をすくめるようにして佇《たたず》んでいる。

「浅見さーん」と果奈が手を挙げて小走りにやってくるのに、高山もオズオズとついて来た。

「困ってしまう……」

果奈は振り向きもせずに、背後を指差しながら、泣き出しそうな顔で浅見に訴えた。

「ははは、ずいぶん想《おも》い込まれたものですねえ」

「笑いごとじゃありません。出版社へ行ったときも、表でずっと待っていたんです」

「しかし、実害はないのでしょう?」

「そんなもの、もしあったら警察に通報してますよ」

「それだったらいいじゃないですか。誰かに愛されるというのは、人間にとっていちばん嬉《うれ》しいことですよ」

「誰かにもよりますよ。浅見さんみたいな人だったら、いくら付きまとわれてもいいんだけどなあ」

果奈はどさくさまぎれに、きわどいことを言って、浅見をドキッとさせた。

喫茶ルームに入って、履歴書に身元保証人のサインをしたときも、「これが婚姻届だったらいいのに」などと、本気とも受け取れるようなジョークを言う。ただのマンガ家志望のお嬢さんではない、したたかなものを、浅見はこの娘に感じた。

例の高山ヤクザ氏は、少し離れたテーブルから、時折、チラッチラッと視線を投げかけて、二人の関係が進展するのを心配そうに窺《うかが》っている。

「さっきの話――被害者の永野さんを見たことがあるとかいう、それはどういうことになりましたか?」

浅見はサインを終えるとすぐ、訊《き》いた。

「ええ、たぶん間違いなくどこかで見ていると思うんです。でも、東京の人でしょう。うちはずっと下関に住んでいて、東京には親戚《しんせき》も知り合いもいないんですよね。だから記憶を呼び覚まそうとしても、手掛かりになるものがまるでないんです」

「下関で会った可能性はありませんか」

「下関で、ですか?……」

「永野氏は火の山に登っていると考えられるのです」

浅見は永野が持っていた奇妙な手紙のことを話した。

「へえー、おかしな手紙ですねえ。いったい誰がそんな手紙を書いたのですか?」

「差出人は耳なし芳一です」

「えっ? 何ですか、それ?……」

「封書の裏にそう書いてあったのです。『耳なし芳一』ってね」

「耳なし芳一って、赤間《あかま》神宮の……」

言いかけて、果奈は「あっ」と叫んだ。

「そうだわ、もしかすると、赤間神宮で見たのかもしれません」

「赤間神宮で?」

「ええ、去年……いえ、一昨年のお正月だったかしら、会社の新年の祈願を上げにお参りしたんですけど、その日はすっごい雪で、滑ったり転んだりして、みんな大笑いして……そのとき、耳なし芳一の御堂の前にじっと佇《たたず》んでいる人がいて……」

果奈は難しい方程式を解くような、深い思索的な目を天井に向けた。

「……雪がどんどん降っていて、頭も肩も真っ白になるのも構わず、じっと立って。それで、なんだかゲラゲラ笑っているのが申し訳ないみたいな気がしたんです。そしたら、そのうちにこっちを振り向いて、私は慌ててそっぽを向きましたけど……そうだわ、あのときの人だわ、きっと」

果奈は確信に満ちた顔になった。

第三章　遺《のこ》された肖像

1

寿永《じゅえい》四年（一一八五）三月二十四日、栄華を極めた平家《へいけ》一門は長門《ながと》壇《だん》ノ浦《のうら》の合戦で源氏《げんじ》に敗れ、滅亡した。

そのとき、御年《おんとし》わずか八歳の幼帝安徳《あんとく》天皇は、祖母二位《にい》の尼《あま》に抱かれ「波の底にも都の候ふぞ」の言葉とともに、波間に沈んだ。

その安徳天皇を祀《まつ》ったのが赤間神宮である。龍宮《りゅうぐう》を思わせるような水天門、あでやかな朱塗りの社殿が関門海峡を望む高台に建っている。赤間神宮の一角には安徳天皇の遺体を葬った御陵がある。関西より西の天皇陵は唯一、ここだけだ。

そして赤間神宮の西のはずれに、有名な「七盛塚《しちもりづか》」がある。壇ノ浦の合戦等で死んだ平家の武将の墓が十四基。高さが五、六十センチから、せいぜい七、八十センチ程度の、どれもこれも岩を削《そ》ぎ落としたような粗末な墓碑に、平 知盛《たいらのとももり》、平教盛《のりもり》といった武将の名前を彫りつけたものだ。

墓碑は前列に七基、後列に七基が並び、その背後には無数といっていい宝篋印塔《ほうきょういんとう》がひしめいている。

鬱蒼《うっそう》と茂る樹木の陰にあって、昼なお暗く、陰々滅々の気配がただよう。

この風景を見て、小泉八雲《こいずみやくも》は『怪談』の「耳なし芳一」の舞台はここと設定した。実際、この場所に立ってしばらくじっとしていると、平家の怨霊《おんりょう》が地面から湧《わ》いてきそうな感じがしてくる。

この墓碑群を、いつのころからか「七盛塚」と呼びならわすようになった。「盛」はいうまでもなく、「平知盛」などの「盛」を意味する。ところが、不思議なことに、ここには「盛」のつく墓碑名は、どんなに調べてみても六人しか数えることができない。それがなぜ「七盛塚」なのか、いまだに不詳なのである。

平家の墓碑群を見守るように、「芳一堂」という小さな堂があり、その中には耳なし芳一の木彫の像が納めてある。

その耳なし芳一の堂の前で、永野仁一郎を見た――と池宮果奈《いけのみやかな》は言う。

「一昨年の正月」だったというから、いまから二年以上も前のことだ。果奈の記憶が薄れていたのも無理がないが、それにしても、よく思い出したものではある。その点を浅見は感心した。

「だって、雪の降りしきる中で、じっと佇《たたず》んでいる姿って、すっごく印象的で、いまでもその情景はありありと記憶してますよ。だから、もっと早く思い出してもいいくらいだったんです。あーあ、私もやっぱしトシなのかな……」

まだ二十四歳の果奈に「トシ」だなどと言われては、独身オジンの浅見はどう対応すればいいのか、困ってしまう。

「頭も肩も雪で真っ白になるほど、じっと佇んでいたというと、いったいそのとき、永野氏は何をしていたのですかねえ？」

「そうですねえ、べつに拝んでいるみたいでもなかったし……何か考えごとでもしていたみたいですよ」

「それで、そのあと、永野氏はどうしたのですか？」

「さあ、どうだったかしら……」

果奈はしばらく考えていたが、諦《あきら》めて首を横に振った。

「やっぱり、佇んでいる姿しか思い浮かばないわ。それと、こっちを見た瞬間の顔」

「しかし、下関あたりの雪だったら、そんなにどんどん積もるほどは降らないのでしょう？　それが、雪で頭や肩が真っ白になるくらいというと、かなり長いこと、そうしてじっと佇んでいたことになりますね」

「そうですよね。そうだと思います。そんな感じでした」

果奈はしだいに厳粛な表情になっていった。平家の「七盛塚」を見つめていた永野が、奇怪な死に方をしたという、まるで怨霊《おんりょう》にでもとりつかれたような不気味さが、実感として迫ってくるのだろう。

「永野氏は」と浅見は独り言のようにつぶやいた。

「そこで誰《だれ》かを待っていたのかもしれませんね」

「ああ……」

果奈もその思いつきには賛成して、大きく頷《うなず》いた。

「そうですよ、人を待っていたっていう感じですよ。ただ、雪が降っていたから……もし雪がなければ、そうですよね、誰かを待っているようなポーズですよね」

「そのときもまた、あの手紙の差出人の『耳なし芳一』と待ち合わせしていたのでしょうかねえ」

「まさか……」

果奈は笑いかけたが、浅見の真面目《まじめ》な表情を見て、口許《くちもと》をかすかに歪《ゆが》めただけで、笑いを納めた。

「永野氏の今度の旅行は、あきらかにあの『耳なし芳一』からの手紙と関係がありますね。いまのところ、永野氏が下関に特別な縁があるという要素は何もなさそうです。永野氏が何度も下関を訪れる理由は、まさか毎年フグを食べに行く習慣があったとも思えませんから、『耳なし芳一』に会いに行ったものと考えるのが、もっとも有力でしょうね」

「だけど、いったい誰なんですか？　耳なし芳一って」

「誰でしょうかねえ」

浅見と果奈は顔を見つめあったまま、考え込んでしまった。

耳なし芳一が誰か？——などというのを真剣に考えているのは、他人が見たらずいぶん奇妙な図にちがいない。

とはいえ、読者の中にだって、たまたま耳なし芳一の話を知らない人もいるかもしれない。いや、そう言ったからって、なにも読者諸氏の常識を疑ったり、軽んじるわけではない。ただ、それほどに有名なおはなしであることを強調したいだけで、現に少し離れたテーブルにいる、例の高山ヤクザ氏はその物語を知らないのである。そして、彼がその話を知らなかったことが、後に事件解決に重大な貢献をするのだから、知らないことも美徳なのかもしれない。

むかし――赤間神宮がまだ「阿弥陀寺《あみだ》」とよばれていたころ。この寺に芳一という盲目の僧が住んでいた。芳一は琵琶法師《びわほうし》としてじつにみごとな腕を持ち、とくに『平家物語』を語らせたら天下一品であった。

ある夜、甲冑《かっちゅう》に身を固めた武士数人が寺を訪れ、琵琶を聞かせてほしいと頼み、芳一を誘い出した。行った先はどこの城中か、まるで御殿のような雰囲気のただよう場所であった。そこで、芳一は請われるまま、『平家物語』のクライマックス・壇ノ浦の合戦のくだりを弾き、語った。

芳一の名演奏に城内は水を打ったように静まり、やがて女性たちのすすり泣く声が聞こえ、武士たちも涙にむせぶ気配であった。

その夜から、芳一は毎夜、いずことも知れぬ御殿へと迎えられ、通いつづけるようになった。

不思議に思った寺の和尚《おしょう》が、寺僧に芳一のあとをつけさせたところ、驚いたことに、芳一は平家一門の墓前に坐って、ただ独り琵琶を奏で『平家物語』を語っていた。

これはおそらく、平家の怨霊《おんりょう》にとりつかれたものと思った和尚は、芳一の全身に般若《はんにゃ》心経《しんぎょう》を書き込んで、亡霊の誘いを斥《しりぞ》けようとした。ところが、運悪く、和尚は芳一の両方の耳だけに経文を書き忘れてしまった。

夜半、訪れた武士は、芳一の姿が見えないのに怒り、悲しんだ末、空中に浮かぶ二つの耳を引き千切り、持ち帰った――。


これがご存知『耳なし芳一』のあらすじである。

その耳なし芳一が、永野仁一郎に誘いの手紙を送った。永野はその手紙どおりに下関を訪れ、帰路、殺されたのである。亡霊にとり殺されるところだった耳なし芳一が、逆に永野をとり殺したのだろうか？――

浅見はふと、そんなばかげた妄想《もうそう》にとりつかれそうになった。

2

「それはそうと」と、浅見は肝心な問題のほうに話を戻した。

「出版社のほうは、うまくゆきそうなのですか？」

「それが、そうでもないんです」

果奈は悄気《しょげ》た顔になった。

「電話でも言いましたけど、下関にいるときは、手紙なんかで、けっこう調子のいいことを言っていて、いますぐにでも雑誌に連載するみたいな感じだったのに、いざ顔を見たとたん、急にはどうだとか、しばらく預からせてくれとか……いいかげんなんだから、ほんとにもう」

最後は憤懣《ふんまん》をぶつけるような言い方になった。

「分かりますよ、編集長というのは、だいたいそんなものです。調子がよくて、女たらしで、冷酷な連中です」

浅見はすべて『旅と歴史』の藤田編集長を思い浮かべながら言っている。言いながら、ふと思いついた。

「そうだ、僕の知っている出版社を紹介しましょう」

「えっ、ほんとですか？」

「ええ、『旅と歴史』っていう雑誌の編集長なんですが、歴史物のマンガを連載しているし、それに、その会社にはコミック雑誌もありますから、なんとかなると思いますよ」

「わあっ、嬉《うれ》しい！」

果奈は手を広げて喜び、そのままテーブル越しに浅見の首に縋《すが》りつきそうな勢いを見せた。幸い、浅見が身を引いたので、手が届かなかったけれど、周囲の客たちがびっくりした目をこっちに向けた。

例の高山ヤクザ氏は、ものすごい顔で、なかば腰を上げ、ことと次第によっては、またぞろ短刀を抜きはなちそうな険悪な気配を見せている。

「そんなに喜ばれると困るんです。なにしろ編集者は冷酷ですからね、アテになるかどうか、保証のかぎりではありません」

「いいんです、コネさえあれば、あとは実力で勝負しますから。その編集長って、やっぱり女たらしなんですか？」

「さあ、それはどうですかねえ。いや、僕が言ったのは、あくまでも一般論であって、全部が全部女たらしではありませんよ。中には……」

男たらしもいる——と言いそうになって、慌てて「真面目《まじめ》なひとだって、少しはいると思います」と言った。

「でも、女たらしでもいいんです。むしろ、そのほうがいいかも。だって、私は女ですものね」

「なるほど……」

浅見は目を見張った。そこまで達観しているのなら言うことはないが——しかし、ほんとうに大丈夫なのか、危ぶむ気持ちも、むろんある。

「浅見さんはどうなんですか？」と、果奈は訊《き》いた。

「どうって？」

「女たらしかどうか、です」

「えっ、僕は……」

浅見はヘドモドして、しばらく返す言葉がなかった。

「僕は単なるダメ男ですよ。そんな勇気のある行動はできません」

「でしょうね、だと思いました」

果奈は微笑を帯びた、複雑なまなざしで浅見を眺めた。安心とも軽蔑《けいべつ》とも受け取れる表情である。

「とにかく、その男に連絡してみます」

浅見はそそくさと席を立って、電話ボックスに逃げ込んだ。

藤田は浅見の話を半分聞いたあたりから、電話のむこうでニヤニヤ笑った。いや、もちろん見えるわけはないが、そういう顔であることは想像がつく。

「へえー、下関で何を取材してきたのかと思えば……浅見ちゃんもなかなかやるじゃないのさ」

「そういうんじゃないですよ。いや、いいんです、藤田さんがそういう下卑たことを言うのなら、紹介はしませんよ」

「まあまあ、そう怒りなさんなって。いや、わが社でもね、ちょうど新人のマンガ家が欲しいと思っていたところよ。コミックのほうの郡司《ぐんじ》編集長とも、そんな話をしていたところだ。よかったら使ってみるよ。ただし、郡司は女たらしだから、そっちのほうは保証のかぎりじゃないけどさ」

目クソが鼻クソを笑っている――と思ったが「浅見は、よろしく」と電話のこっちで頭を下げた。

果奈に報告すると、またオーバーなジェスチャーで喜びと感謝を表明した。

藤田の気の変わらないうちに――と、すぐに行くことになった。浅見と果奈が席を立つと、高山も急いでついてくる。レジではコーヒー一杯に五百円玉を置いて、「お釣りはいらんで」と大見得をきったのはいいけれど、「あの、二百二十円不足ですけど」とレジの女性に言われて、「ほんまかいな、えろう高いやないか……」などと、ブツブツ呟《つぶや》きながら、大きな財布の底のほうにある小銭をまさぐっていた。

果奈は「いまのうちに行きましょうよ」と浅見の腕を引っ張ったが、浅見は思いとどまった。逃げるのはいいが、あとで短刀でブスリとやられたのではたまったものではないと思った。

「それにしても、彼はどういう人間なんですかねえ」

浅見は後ろについてくる高山を、自分の背中越しに指差して、小声で言った。

「さっき、財布の中を見たら、一万円札がギッシリでしたよ」

「えっ、そうなんですか」

果奈は気付かなかったらしい。もっとも、他人の財布の中身を覗《のぞ》くのは、あまり好ましい趣味とはいえない。

地下の駐車場に下りて、浅見のソアラの前に行くと、高山はなんともいいようのない不安そうな顔をしている。果奈はさっさと助手席に乗って、知らん顔を決め込んだ。ソアラは2ドアだから、後部シートへの入口を通せんぼした恰好《かっこう》である。

「高山さんもどうぞ」

浅見は運転席のシートを前に倒して、高山を後部のシートに入れてやった。高山は「おおきに、おおきに」と、ペコペコしながら車内に潜り込んだ。これでしばらくは、刺される心配はなさそうだ。その代わり、高山のよく喋《しゃべ》るのには閉口した。「いやあ、ごっつええ車でんなあ」から始まって、なんぼぐらいするものか、ローンの支払いいうのは、ひと月なんぼぐらいずつなのか、奥さんは文句言わへんのか——と繋《つな》がった。

「女房はいません」

浅見が憮然《ぶぜん》とした口調で言うと、高山ばかりか果奈までが、声を揃《そろ》えて「うっそー」と言った。

「だって、電話のとき、奥さんが……」

「いや、あれはお手伝いさんですよ。須美子っていって、わが家ではおふくろに次ぐ怖い存在なのです」

「なーんだ、そうだったんですか」

果奈の、どことなく安堵《あんど》感のある納得の仕方と対照的に、高山はバックミラーの中で不安をつのらせるのがよく分かった。

「ところで高山さん」と、浅見は背後に向けて言った。

「高山さんは東京でのお仕事は何をなさるのですか？」

「へ、わてでっか、わてはしばらく、遊んでおるしかないのです」

「そうなんですか。それにしても、あんな高いホテルに泊まっていて、もったいないですねえ」

「ほんま、もったいないのは分かっとるのやけど、金はわてが払うわけやないよって、かましまへんのです」

「へーえ、お金、誰が払うのですか?」

果奈がとたんに興味を抱いて、訊《き》いた。果奈のほうから高山に積極的に話しかけたのは、たぶん、これが最初だったろう。

「へえ、それは組の……いえ、スポンサーから払うてもらいます」

スポンサーと言え——と命じられているように、高山はちょっと口ごもって答えた。

『旅と歴史』の出版社前に路上駐車した。駐車スペースも確保できないような弱小出版社なのだ。

「駐車違反の取り締まりは、わてが見張ってますよって、ご心配なく」

いつもボス連中のためにそうしているのか、高山は慣れたものだ。

浅見が果奈を連れて編集部に入ってくるのを見て、藤田は飛び上がるようにして席を立ち、「やあやあ」と奇声を発しながら近寄ってきた。こんなに軽快に動く藤田を、浅見は見たことがない。

「こちらがそう? いいねえ、いいじゃないですか。マンガ、面白そうだなあ、いや、見なくても分かるのよ」

藤田はご機嫌で「さあさあ」と隣の応接室に案内した。そこに応接室があることすら、浅見は知らなかった。

型どおりの紹介をすますと、

「じゃあ、三か月後の発売号から書いてもらいましょうか。五ページ乃至《ないし》六ページでどうです？　テーマは『平家物語』そのものでもいいし、それにちなんだ何かでもけっこう」

「え？　ほんとうにいいんですか？」

果奈は面食らった。それから感謝と信頼のこもった目を浅見に向けた。タイミングというのか、浅見にもよく分からない、とんとん拍子の展開であった。いずれにしても浅見が男を上げたことはたしかのようだ。

だが、短い打ち合わせを終えて引き上げるとき、藤田は「そうそう、浅見ちゃん、あの下関の話、あれ何なのさ」と言った。

「修学旅行の見聞記じゃあるまいし、もうちょっとちゃんと書いてよ。ゲラ、ファックスで送っておいたから、今夜の十二時までにやり直し。お願いね」

まさに編集者の典型を思わせる、冷酷な顔つきであった。

3

果奈は意気ようようであった。玄関に向かいながら、何度も浅見に礼を言い、「さあ、明日から頑張らなくっちゃ」とガッツポーズをした。

「そうと決まったら、アパート見つけなきゃいけないですね。浅見さんのお宅の近くにありませんか？」

「えっ、うちの近く？　だめだめ、だめですよ。いや、あの辺は住宅地ですからね、住むには適していないのです」

意味の通じないことを言ったが、果奈は善意に解釈してくれたらしい。たぶん、アパートが少ない——とでも思ったのだろう。

「そうなんですか。だったらどこがいいんですか？　銀座ですか？　それとも新宿、池袋、渋谷……」

果奈は知っている街の名前をむやみに並べた。

「いや、そういうのは、それこそ、若い娘が独りで住むには、あまり適していない場所ばかりですよ」

「じゃあ、どこですか？」

「そうですねえ、なるべくなら、世田谷《せたがや》だとか、田園調布だとか、そういうところが望ましいのだけれど……」

浅見は無意識に、自分の住む北区西ケ原からもっとも遠い、東京の南の方角の街を列挙していた。

「あら、田園調布って、あの殺された永野さんのお宅があるところでしょう？」

「あ、そうですね」

「だったら、そこにしましょうか。なんだかスリルとサスペンスがありそうです」

「そんなもの、ないほうがいいんじゃないですかねえ」

「ううん、私はあったほうがいいんです。下関でも、ずっとそういう生活をしていたし、そういう刺激がないと、たぶんボケーッとして、完全なオバンになってしまうような気がするんです。ねえ浅見さん、これからそっちのほう、案内していただけませんか？」

「それはいいですけど……」

そこまで喋《しゃべ》ったところで、玄関を出た。目の前の道路に、路上駐車のソアラを守るように、高山が腕組みをして突っ立って、こっちを見ている。

「あっ……」

果奈はとたんに思い出した。

「あのひと、どうしよう……」

「そうか、そうですね……」

二人の足が停《と》まった。高山の存在は、今後、大きな難問になりそうだった。

「おツトメご苦労さんでした」

「難問」氏が石段の下までやってきて、ペコリと頭を下げた。道行く人がびっくりして、浅見と果奈を見ながら通り過ぎた。

「なんだか、冗談で言ったマンガのストーリーどおりになりそう」

車に向かって歩きながら、果奈は溜《た》め息と一緒に言った。マンガの役どころでは、高山は果奈お嬢さまのお目付け役だ。

高山は当然のことのように、ソアラに乗り込んだ。このぶんだと、果奈の行くところなら、地獄の果てまでついて来そうだ。

「私は明日からアパート住まいをすることになりました」

車が走りだすと、果奈は明るい口調で言った。

「ですから、高山さんとも今日でお別れですね」

「えっ、そんな殺生な……」

高山は悲鳴のような声を出した。

「だって、私は高山さんみたいにお金持ちじゃないし、いつまでもホテルで暮らすわけにはいかないですもの」

「それやったら、わてもお嬢さんの近くにアパートを借りますさかい」

「だめですよ、そんなの……」

今度は果奈が悲鳴を上げた。

「ねえ、浅見さん、なんとか言ってください」

「はあ……」

浅見は当惑した。かりに果奈がこっそりホテルを逃げ出したとしても、高山は浅見の家の電話番号を知っているのだから、トバッチリが浅見家に向かうのは分かりきったことである。

「それは池宮さん、あのマンガの筋書きどおり、お目付け役はそばで目を光らせていなければならないのじゃないですか？　それがいやなら、下関にお帰りになるしかありませんよ」

「ひどーい……」

果奈はまた溜め息をついたが、かといって、ほかに妙案は浮かばない。それっきり黙りこくってしまった。

大田区田園調布は高級住宅街として有名だが、低級アパートだってないわけではない。それでも浅見は不動産屋を何軒か廻《まわ》って、なるべく女性の独り住まいに適している物件を探してやった。

最後に不動産屋に案内されたのは、鉄筋コンクリート三階建ての賃貸マンションで、部屋はワンルームと狭いが、建築後、まだ間がないのと、家賃がまあまあなので、それに決めることになった。

契約を済ませて、不動産屋を出たとき、三軒先の屋敷の門前にハイヤーが停まり、喪服を着た四人の客が下りてくるのが見えた。

何気なく見送った視線が、門柱の表札をとらえた。

「あっ、永野さん……」

浅見は驚いた。果奈が言ったとおり、スリルとサスペンスが目と鼻の先にあった。

「ほんと、ここだったのですね」

果奈も浅見の視線の先を辿《たど》って、驚きの声を上げた。

「ちょっと、ご挨拶《あいさつ》してきませんか」

浅見は果奈を誘った。

「えっ、私も行くんですか？」

「そう、男だけよりは、美しい女性が一緒のほうが、先方は気を許すでしょうからね。高山さん、すみませんが、また車を見ていてください」

「へえ、よろしゅうおます」

高山の用心棒ぶりは、だんだん板についてきた。それはそれでまた悩みの種になりそうだが、この際、贅沢《ぜいたく》は言っていられない。

二人の客を、疲れきったような老女が迎えた。顔立ちの上品な、若いころはさぞかし美人だったにちがいない——と思わせる女性だが、まだ喪服のままのせいか、いっそう憔《しょう》悴《すい》した感じを与える。彼女が永野仁一郎の未亡人であった。

浅見は「新幹線の中で、たまたまご一緒した者です」と、なるべくありのままに自己紹介をして、近所を通りかかったので、ご焼香をさせていただきたいと挨拶した。

「それはまあ、ご丁寧に……」

未亡人は玄関の式台にスリッパを揃《そろ》えてくれた。ほんとうの気持ちを言えば、煩わしい客なのかもしれないが、無下に断りも言えないのだろう。

立派な仏壇には、位牌《いはい》と並んで葬儀のときに使ったものらしい、黒枠に収まった永野の遺影が飾ってあった。

二人は並んで焼香し、写真に祈った。

写真の顔は銀髪の面長な、これまた若いころはさぞかしモテただろうと思わせる紳士であった。いくぶん粒子の粗い写真だから、たぶん何かのスナップ写真から抜き焼きしたものらしい。かすかに笑みをたたえた温和な表情だが、目の奥に何かしら深い憂愁が秘められているように思えた。

「ご主人は下関に何をしに行かれたのでしょうか？」

浅見は膝《ひざ》を未亡人のほうへ向け直して、訊いた。

「はあ、警察の方にも同じことを訊かれましたのですけれど、それが、私どもにもよく分からないのです」

「えっ、お分かりにならないって、ご主人は何もおっしゃっていなかったのですか？」

「いいえ、それはフグの季節だとか、そういったことは申しておりましたし、主人はことのほか下関が好きで、ここ何年かは、下関へ出かけることが多うございました。でも警察のお話ですと、主人は亡くなった際、妙な手紙を持っていたそうでして。ひょっとすると、そのことで下関へ参ったのではないかと、そのようにおっしゃるものですから」

「それは耳なし芳一からの手紙ですね？」

「ええ、あら、それじゃあなたもご存じでしたの？」

「新幹線の中では、警察とほとんど一緒に動いていましたので、大抵のことは知っているつもりです。手紙の文面はたしか『火の山の上で逢《あ》おう』でしたね」

「ええ、ええ、そうなんですのよ。おかしな手紙ですし、差出人だって、気味の悪い名前でしょう。いかにも何かいわくありげですわよね」

「その手紙はこちらに配達されたものでしたね？　その時点では、奥さんはご覧になっていなかったのですか？」

「いいえ、手紙を受け取ったとき、私は見ておりますのよ。じつを申しますと、四年ほど前と、それから二年前にも同じような手紙が参って、そのときも私が郵便受から出しましたの。それで、主人に手渡す際に訊きましたら、いたずら好きの友人の仕業だと申して、笑っておりましたの。今回は三度目ですから、最初のときほど驚きもしませんでしたけれどね」

「四年前と二年前とおっしゃいましたが、去年――つまり、一年前はどうだったのですか？　手紙は来ませんでしたか？」

「それは分かりません。来たのかもしれませんが、私や家族のほかの者は見ておりませんのよ。でも、主人が自分で郵便受から取り出したかもしれませんし」

「二年前も下関へは行かれたのですか？」

「ええ、参りました」

「去年はいかがでしたか？」

「ええ、やっぱり参りましたけれど」

「それじゃ、手紙は来ていたのかもしれませんね」

「ええ、そうかもしれませんし、来なかったのかもしれません」

「ご主人のおっしゃっていた、いたずら好きの友人というのは、どなたなのか、心当たりの人はいるのですか？」

「いいえ、それなんですけど、主人はそういう、いわば子供じみたいたずらをしたりされたりするようなお友達は、一切、ございませんでしたの。ですからね、息子《むすこ》なんかとも、そんな変な手紙を下さるなんて、おかしなことがあるものね——って、申しておりましたのですけれど」

「二年前に下関にいらっしゃったというのは、ことによると、一昨年のお正月じゃありませんでしたか？」

「ええ、そうです……あら、よくご存じですのね。たしかに、正月の三日でしたけれど、赤間神宮に初詣《はつもうで》をしに行くと申して、出掛けました」

「お一人で？」

「ええ、一人でした。旅は大抵、一人のことが多うございました。でも、どうしてご存じなのかしら？　警察の人は一昨年のことまではおっしゃっていませんでしたけれど」

「じつは、こちらの池宮さんが、たまたま会社の初詣に行った際、耳なし芳一の堂の前で、永野さんにお目にかかっているのだそうです」

「へえー、そうでしたの。それで、あの、主人は一人でおりましたかしら？」

未亡人は遠くを見つめる目を天井に向けた。彼女は少し訊《き》きにくそうに、控えめに訊いた。

「ええ、お一人でした、ずっと……」

果奈も心得て、安心させるように、きっぱりと言った。

「ずっと……って、主人をそんなに長くご覧になっていらしたのですか？」

「ああ、いえ、そういうわけじゃないのですけど……」

果奈は当惑して、救いを求める目を浅見に向けた。

「じつは、そう思ったのは僕の勝手な憶測でして、なぜかというと、池宮さんが見たとき、ご主人の頭や肩に雪が積もっていたのだそうです。それで、そんなに雪が積もるには、ずいぶん長くそこに立っておられたに違いないと——そう考えたのです」

「そうなのですか……いえ、たぶんあなたのおっしゃるとおりなのかもしれません」

未亡人の脳裏には、降りしきる雪を身にまといながら、じっと立ちつくす亡き夫の姿がほうふつとして浮かんでいたのだろう。

「それで、主人は結局、待ち人来たらずだったのでしょうか?」

「いえ、そこまでは見とどけませんでしたけど」

果奈は申し訳なさそうに言って、身を縮めた。

そのとき、はるか表の方角から怒声のような叫びが聞こえてきた。

浅見はギョッとして、果奈と顔を見合わせた。すぐに高山のことが頭をかすめた。

「失礼します、何かありましたら、その名刺のところにご連絡ください。僕にできることがあったら、おっしゃってください」

慌ただしく挨拶《あいさつ》して、玄関に出た。道路で、「こら、待たんかい!」と怒鳴る高山の声と乱れた足音がした。

4

高山の見るからに鈍重な脚力では、到底およぶ相手ではなかったらしい。じきにハァハァ息を切らせて戻ってきた。

「どうしたのですか？」

浅見が訊いても、しばらくは声が出ないほどはげしい息遣いだった。

「車の中から見とったら、何や知らん、けったいな男がいてまして、そこのお宅を覗《のぞ》き見しおったのです。それでもって、腕を摑《つか》まえて、あんた誰や言うて聞いたら、いきなり殴りかかってきおってから……」

苦労してそう言って、またハアハアと息をついた。

「そんでもって、道路にぶん投げてやったのやが、えらい足の速いやつで、とうとう逃げられてしまいました」

「どういう男でしたか？」

「そやなあ、浅見はんよりちょっと若いくらいやったかなあ。あまり背は高くなくて、なんやしらん、女みたいな顔をしたやつでした」

「女みたいな顔……」

浅見は反射的に、新幹線で消えた犯人のことを想起した。

「その男は永野さんの家を覗いていたのですね？」

「そうですがな、留守やったら盗みに入ったろか——いう感じでした」

そのとき、浅見は高山の左手から金色の細い鎖《くさり》が垂れているのに気がついた。

「それ、何ですか？」

「はあ？　あれ、ほんま、何やろ？」

高山は左手の掌《てのひら》を広げようとして、右手の力を借りている。よほどしっかり握りしめていたらしい。

掌の中にはカメオのペンダントがあった。ごく古いものらしく、背面の金色がくすんでいる。

「これはきっと、あの男のもんでっしゃろな。いつのまに取ったもんやら、ぜんぜん気ィつきませんでしたけど」

浅見は高山の手からペンダントを受け取って、それがロケットになっていることに気付いた。裏蓋《うらぶた》を開けてみると、女性の写真が入っている。写真はモノクロだが、一応、鮮明に撮れている。ロケットもアンティークなものだが、写真も、ヘアスタイルや服装などから想像すると、かなり以前のものらしい。

「誰の写真かしら？　ずいぶん美人だわ」

果奈は興味深そうに、浅見にもたれるようにして、写真に見入った。

目の大きな女性だ。ゆるくカールした髪が肩まで垂れて、いまにも風になびきそうな風《ふ》情《ぜい》である。服装は——襟元《えりもと》までしか見えないけれど、ブラウスかワンピースか、刺繍《ししゆう》のついた白っぽい洋服を着ている。昭和初期のモボ・モガ時代を想わせるようなファッションだ。

「ねえ浅見さん、このひと、永野未亡人と似ていませんか?」

「えっ?……」

浅見はあらためて写真を見つめた。そう言われてみると、果奈の言うとおり永野未亡人の面影が感じられないこともない。しかし、そうではないと思って見れば、まったくの別人に見えるのかもしれなかった。

ともあれ浅見は、「さすがにマンガ家ですねえ」と感心してみせた。

「やだあ、まだマンガ家じゃありませんよ。タマゴっていうところかな」

果奈は一応、謙遜《けんそん》したが、浅見にマンガ家と言われて、嬉《うれ》しそうだ。

「この写真が永野未亡人だとすると、五十年以上は昔の写真でしょうねえ」

浅見はためつすがめつして眺めてから、言った。

「ええ、そんな感じです」

「ちょっと確かめてきますよ」

浅見はふたたび永野家を訪れた。今度は未亡人ではなく中年の男性が応対に出た。たぶん、継仁という跡継ぎの長男なのだろう。だとすると永仁産業の社長のはずだが、平服のせいか、少し頼りない感じがした。浅見が「奥さんに」と言うと、「母はちょっと疲れたと申して、横になっておりますが」と言った。

「先程うかがった者ですが、その際、奥さんにお見せするのを、うっかり忘れていた物があるのです」

浅見はそう言ってペンダントを出した。

「恐縮ですが、この中にあるこの写真の女性が誰か、ご存じないかどうか、お訊《き》きしてみていただけませんか?」

「はあ……」

継仁は気がなさそうに写真を見ていたが、しだいに眉根《まゆね》を寄せ、深刻な顔つきになっていった。

「失礼ですが、その写真は奥さん——あなたのお母さんの写真ではありませんか?」

浅見が訊くと、継仁はギョッとした目で浅見を見て、「いや」とだけ言って、ふたたび写真に目を落とし、「ちょっと訊いてきますから」と、奥へ引っ込んだ。

かなり長く待たされた。奥のほうでかすかに空気のざわつくような気配があるのを、浅見の耳や皮膚が感じ取った。

やがて現れた継仁の表情には、平静を装っているにもかかわらず、かすかな興奮の名残があった。

「母には記憶がないそうです」

継仁はペンダントを浅見に返しながら、そう言った。

「そうですか」

浅見は落胆を見せながらも、素直に受け取った。しかし、浅見が礼を述べて玄関を出ようとすると、継仁が呼び止めた。

「あの、それはいったい、どういうところから手に入れたのですか?」

「は?……といいますと?」

「いや、べつにどうという意味はないのですが、つまり私の家に持って来られるからには、何かそれなりの理由がおありかと思ったものですからね」

「ええ、じつはですね……」

浅見は答えながら、大急ぎで嘘《うそ》の話をデッチ上げた。

「このペンダントはですね、犯人が所持していたものらしいのですよ」

「ほんとですか?……しかし、それをどうしてあなたが?」

「はあ、これにはいろいろ、深い事情がありまして……」

いったいどんな事情があればいいのか、浅見は困惑した。

「もし犯人が残して行ったものだとしたら、重要な証拠物件なのではありませんか？　それを民間人のあなたが持っているというのは、おかしいですねえ」

永野継仁は鋭い目で浅見を睨《にら》んだ。

「なるほど……」浅見はニッコリ笑って言った。

「おっしゃるとおり、たしかにおかしな話ですね。それに、この写真には何やらいわくがありそうです。事件捜査のために重要な手掛かりになるかもしれません。このこと、警察に知らせたほうがいいのじゃありませんか？」

驚いたことに、浅見の殊勝とも思えるこの申し出に、継仁はむしろ戸惑って、浅見を見る視線がブレた。

「いや、そういう、あれです、あなたを密告するようなことはしたくありません」

「そんな遠慮をなさるなんて、それこそおかしいですよ」

浅見は相手の弱みに付け込むように言った。

「当人の僕がそうなさいと言っているのですから、余計な遠慮は無用です」

「いいから」と継仁は苛立《いらだ》った。

「どうぞもう、お引き取りください。われわれは疲れきっているのです。そっとしておいてくれませんか」

そう言って、玄関のドアを指差した。

「分かりました。それでは今日のところはこれで引き上げますが、もし何か思い出すようなことがありましたら、この名刺のところにご連絡ください」

浅見が渡した名刺を見て、継仁は「いったい」と顔を上げ、疑惑に満ちた目で浅見を見つめ、言った。

「あなたの目的は何なのです？　まさか、悲嘆にくれるわれわれを脅かして楽しもうというのじゃないのでしょう？　カネですか？　それとも、安原《やすはら》一派のさしがねですか？　もしカネが欲しいのなら出してもいいですよ」

浅見は勃然《ぼつぜん》と湧き上がる怒りを抑え、悲しい目になって言った。

「そのどれでもありませんよ。僕は単に、ほんとうのことを知りたいだけです。それと、少しキザな言い方をすれば、正義が行われることを望むだけです」

わずかに頭を下げて、外に出た。

「どうしたのですか？」

心配そうに言いながら、果奈が駆け寄ってきた。

「なんだか、ずいぶん苦しそうな顔をしていますよ」

「そうですか、少し疲れぎみなのかもしれませんね」

浅見は努めて笑ってみせて、

「写真には見憶《みおぼ》えがないと言っていました」

「えっ、嘘《うそ》でしょう、似てますよ絶対」

「僕もそんな印象を受けましたが、しかし、知らないと言う以上、どうしようもありませ
ん。ただ、妙なことを言ってましたねえ、安原一派のさしがねか——とね」

「何なのですか、それって？」

「おそらく、永仁産業の主導権争いみたいなことがあるのでしょう。そういう話は、生臭
くていやですねえ。それより、あの写真、ほんとうに知らないのかなあ？……」

浅見は天を仰ぎ、首をひねった。

第四章　エーデルワイスの君

1

永野仁一郎の未亡人・依江《よりえ》はことし七十一歳。ロケットの写真とでは、おそらく四十歳から五十歳――いや、襟元《えりもと》だけが写っているブラウスのファッションの、古色蒼然《そうぜん》とした印象から見て、もっと差があるのかもしれない。だから、かりに同一人物の写真だとしても、本人ならともかく、息子《むすこ》の継仁《つぐひと》が分からないのは理解できる。

しかし、本人である依江が分からないはずはないだろう。だとすると、やはり別人の写真なのだろうか？　面差しに似通ったところがあるのは、いわゆる他人の空似ということかもしれない。

「でも、絶対、同じひとの顔だわ」と果奈《かな》は主張して譲らない。

「いや、必ずしもそこまで断言はできないんじゃないかな。僕もよく似ているとは思うけど、四十年もの開きがあると、かりに同一人物だったとしても、相当、変わっているでしょう。似たところがあるというだけじゃ、同じ人間と決めつけるわけにはいかないと思いますよ」

浅見のほうは、いくぶん懐疑的だ。

「僕の母親も同じような年代ですが、アルバムで若いころの写真を見ると、あれでなかなか美人だったのだなあ――と、目を疑うほどですからね」

「でもね、それは男性の大雑把《おおざっぱ》な目で見るからそうなるんだわ。そりゃ、ヘアスタイルだとか、メーキャップだとかでもずいぶん変わったように見えるかもしれないけど、基本的な骨格はそんなに変化しません。それと、たしかな証拠は、ここにかすかに黒子《ほくろ》が見えているでしょう。ほら、唇の右端にあるこの小さな点……」

言われて、浅見はロケットの写真を覗《のぞ》き込んだが、何しろ小さな写真だ、そういえば黒子なのかな――と思う程度の、かすかな陰影のようなものがあるにはあった。

「ああ、これのこと？」

「そうですよ、ね、あの奥さんにも黒子があったでしょう」

「そうでしたかねえ」

「えーっ？　うっそ、浅見さん気がつかなかったんですか？　だめですねえ、そんなに観察力が鈍くちゃ、ヘッポコ探偵だって務まりませんよ」

「そうですか、探偵はだめですか、残念だなあ」

浅見は苦笑して頭を掻《か》いた。

「しかしまあ、かりにこの写真の主が永野未亡人ではないとしても……」

「未亡人ですよ、絶対に」

「はい、分かりました。分かりましたが、いまは仮定のこととして聞いてください」

浅見は果奈を宥《なだ》めて、「かりにそうじゃないとしても、さっき、継仁氏が写真を見せに奥へ行ったとき、何だか様子がおかしかったことはたしかなのです」

「おかしかったって、どういうふうに、ですか？」

「なんとなく、穏やかでない雰囲気ってあるでしょう。外に借金取りが来ていて、居留守を使いながら、『どうするつもりなの』とか、そういう押し問答をしている——そういう感じですかねえ」

果奈は呆《あき》れた目で浅見を眺めた。

「浅見さんて、ずいぶん変なこと考えるひとなんですねえ……でも、そういう感じって、よく分かりますよ」

そのとき、それまで傍観していた高山ヤクザ氏が、おそるおそる、二人のあいだに顔を突っ込むようにして、言った。

「あのォ、それでですね、そのペンダントはどないしたらええのでっしゃろか?」

「ああ、そうでした、これ、高山さんがあの男から取り上げたものでしたね。それじゃ、とりあえず、高山さんにお返ししておきましょうか」

「いや、わしに返してもろても困りますがな。浅見さんかお嬢さんが持っといてくれませんか」

「しかし、警察に届けないと……」

「警察? あかんあかん、警察はあきまへんで。警察なんかに行ったら、根掘り葉掘り訊《き》かれて、しまいには強盗かなんかにされてしまいますがな」

「なるほど……そういえばたしかに、暴力的に奪い取ったと見られないこともないわけですね」

「冗談やおまへんがな」

高山は青くなった。

「わしが無理やり取ったわけやおまへんで。あの男が勝手にわしの手の中に残して行きおっただけですがな」

「残して行った——って、彼は手渡したわけじゃないのでしょう？」

「そらそうでんがな。たぶん、首にかけとったのを、夢中で掴《つか》んだのやろ思います。けど、盗むつもりがあったわけやおまへんで」

「分かりますよ……しかし、彼が首にかけていたものだとすると、彼にとってこのロケットの女性はどういう関係の人物ということになるのだろう？……」

「そうだわ、無関係じゃないですよね。ひょっとするとお母さん……」

三人は顔を見合わせ、しばらく黙った。道路脇《わき》での立ち話だ。それもかなり込み入った話なのだから、ふつうなら人目につくところだが、田園調布は閑静な街である。メイン通りからはずれた道は人通りも少なく、酒屋の配達がバイクで通っただけだった。

「そういうことやったら、この首飾りはあの男にとってはゴツウ大切なもんとちがいますか？」

高山は深刻そうな顔つきになった。

「そうかもしれませんね。肌身離さず持っているくらいなのだから……しかし、その彼が永野家を覗《のぞ》いていたというと、やっぱり彼も写真の主も永野家ゆかりの人物と考えてよさそうだなあ」

「そうだわ、さすが名探偵！……」

「いや、ヘッポコ探偵でしょう」

「ううん、いまのは名探偵なみの名推理ですよ」

果奈と浅見は笑ったが、高山はいっこうに浮かない顔だ。

「それでもって、ペンダントのことはどないなりますのかいな?」

「ああ、これだったら、彼が受け取りに来るまで、高山さんが預かっておくことにしたらいいのじゃありませんか」

「そらあきまへん、わしが預かるのは堪忍《かんにん》だすがな。どうか、そちらさんに預かっといてもらえまへんやろか。頼んますわ」

高山は膝《ひざ》を曲げ、四十五度の敬礼をした。

「分かりました、それじゃ僕が預かることにしましょう。しかし、もし彼が高山さんのところに取り返しに来たら、そう言ってくださいよ」

浅見はペンダントを胸のポケットに落とし込んだ。それから三人は車に戻り、ひとまずセンチュリーハイアットに引き上げて、明日の「引っ越し」の準備に取り掛かることになった。

もっとも、果奈は新居のアパートを確保したが、高山の住居は決まっていない。

「なに、何とかなりますがな。なければ、お嬢さんのアパートの近くの、どこぞの屋根の下でひと晩やふた晩……」

気楽なことを言っているが、果奈はますます憂鬱《ゆううつ》そうな顔になった。この先もえんえんとヤクザ氏につきまとわれることを想像すると、マンガの筋書きまで悲劇的なものになりそうだ。

「浅見さんはこれからどうするつもりなんですか？」

憧《あこが》れの東京生活が始まったばかりだというのに、すでに波瀾《はらん》含みの未来を思いやりながら、果奈は訊《き》いた。

「どうするって……何のことですか？」

「事件のことに決まってるじゃないですか」

じれったそうに言った。

「事件の真相を調べて、犯人を捕まえるのでしょう？　私もお手伝いしますよ」

「だめだめ、素人が殺人事件を調べるなんて、危険きわまりないですよ。捜査は警察の仕事です」

「そんなこと分かってますよ。でも、乗りかかった船っていうじゃないですか。うちの父だって、義を見てせざるは——何だとか、しょっちゅう言ってました。第一、ヘッポコ探偵さんが事件を見て見ぬふりをするなんて、へんですよ」

「いや、ヘッポコ探偵だからこそ、手出しはしないほうがいいのじゃないかな」

「大丈夫、やれば出来ますよ。失敗を恐れちゃいけないのだ。ねえ、高山さん？」

「そうでんがな」

高山もわが意を得たり――とばかりに、大きく頷《うなず》いた。

「わしの見たところ、浅見さんは一生懸命やれば、優秀な探偵さんになれる、思いまっせ。人間、義理と人情を忘れたらあかん。親の血を引く兄弟よりも……」

「分かりました」

浅見は慌てて言って、高山のわけの分からない演説を封じ込めた。

「しかし、池宮さんは事件に関係しないほうがいいですよ」

「あら、どうしてですか？ 私だって参加する権利があるわ」

「いや、これは権利だとか、そういう問題ではありませんよ。危険だから……」

「危険があるから、スリルがあって面白《おもしろ》いんじゃありませんか。危険の伴わないミステリーなんて、コーヒーを入れないクリープみたいなものだわ」

「そうやそうや、お嬢さんのおっしゃるとおりでんがな。なに、危険なことがあったら、わしが体を張って守って上げます」

高山は胸を叩《たた》いた。頼もしいといえば頼もしいけれど、それはそれで、また果奈の憂鬱の原因になりそうではあった。

「しようがないなあ……」

浅見は苦笑して、それ以上の説教はしないことにした。もっとも、その時点では、さほどの危険を伴う事件とも思わなかったせいもある。

「それじゃ、差し当たって、このロケットの写真の主を永野未亡人と仮定して、なぜ永野家の人たちはそれを否定しようとしたのか——そこから調べ始めましょうかね。それと、安原一派というのは何なのか——です。この二つの点については、警察はまったく関知していないのだから、僕らが警察より二歩、リードしているわけです。うまくすると、警察を出し抜くことが出来るかもしれないな」

「そうそう、そうこなくっちゃ。ヘッポコ探偵さんのお手並みが楽しみだわ」

果奈は嬉《うれ》しそうに言った。そのまま、マンガのストーリーにでも使うつもりなのかもしれない。

2

翌日、池宮果奈は予定どおりホテルを引き払い、田園調布のアパートに引っ越したらしい。浅見は終日、出掛けていたから、果奈からの電話があったことを、夜半に帰宅して、須美子から聞いた。だから、高山ヤクザ氏がどうなったかは知らない。

その日、浅見が知り合いの興信所でデータを調べた結果、永野未亡人・依江の略歴がおぼろげながら分かった。

永野は当然、紳士録にも出ている名士で、その夫人についてもひととおりのことは紹介してあった。それによると、永野依江は旧姓が久保田《くぼた》。本籍地は東京都千代田《ちよだ》区麴町《こうじ》――元総理大臣の私邸のマンションがあるような、日本一地価の高い高級住宅街である。

久保田寛一《かんいち》の長女として生まれ、名門の女子学園の高女を卒業し、昭和二十二年に永野仁一郎と結婚――となっている。

夫の永野仁一郎は昭和十五年に陸軍士官学校を卒業した、いわば筋金入りの職業軍人であった。階級は陸軍大尉。朝鮮半島の付け根、鴨緑江《ヤールーコウ》の北岸で終戦を迎えた。

戦後、永野は久保田依江と結婚し、久保田家が経営していた鉄鋼関係の会社が壊滅に瀕《ひん》していたのを受け継ぎ、なんとか倒産を食い止めているうちに、昭和二十五年の朝鮮動乱による軍需景気で一気に復興、現在の永仁産業に発展させた。

以上が永野夫妻の経歴に関するデータの概略である。紳士録は公式的なものだから、これでもって永野夫妻の人となりをみきわめることにはならないけれど、まずまずの経歴の持主と言ってよさそうだ。

もっとも、浅見は軍人というのはあまり好きではない。浅見家は曾祖父《そうそふ》の代からずっと官僚の家系だが、どういうわけか軍人とは縁がなかった。むしろ、軍人嫌いの家風といってもいいらしい。浅見家で軍人に敬意を払っているのは、勇ましいことが好きな雪江未亡人ぐらいなものである。

興信所を出たあと、浅見は友人のいる新聞社へ行って、永仁産業のことを調べた。そして、予想どおり、重役陣の中に「安原」の名前を発見した。

常務取締役安原徹男《てつお》（五十八歳）――。

永仁産業というのは、鉄鋼を中心とする商社であった。かつての創業当初は、むしろ鉄鋼の生産を行っていたのを、生産部門を漸次縮小、現在はほとんどを子会社として独立採算制をしいている。それが「不況に強い永仁産業」の神話を生んだのだそうだ。

しかし、永野仁一郎は五年前、六十七歳のときに第一線を退き、社長の椅子《いす》を息子に譲った。

「その際、息子の継仁氏がまだ若すぎるという異論が重役の中から出て、その急先鋒《きゅうせんぽう》が安原常務だったという話がある」

経済部で消息通の友人が教えてくれた。

しかし、内紛は大した騒ぎになることはなかったそうだ。永野自身、まだ充分に若く、後見を務めるということで重役連中を説得したらしい。

「むしろ、これからのほうが大変なんじゃないかな」と友人は言った。

「後見役の永野相談役が死んでみると、継仁社長では心許《こころもと》ないというのが、永仁産業社内ばかりでなく、財界の大方の意見だよ」

たしかに、あの継仁の神経質そうな顔を見ると、内情を知らない浅見ですら、そう思えてくる。

「このぶんだと、メインバンクあたりから、次期社長の問題が持ち上がってくるかもしれないな」

友人はそう結論づけたが、浅見が「永野氏が殺された事件と、社内の勢力争いとには関係があるのだろうか?」と訊《き》いたのに対しては、「そんなことはまったく考えられない」と一笑に付した。

それはむしろ、浅見にとっては朗報といってよかった。もし社内の騒動が殺人の動機になっているようだと、浅見の守備範囲からはずれてしまう。経済事犯は浅見のもっとも苦手とするところだ。

動機ということでは、警察もさっぱり動機が何なのか、摑《つか》めていないらしい。何も盗まれていない点からいうと、怨恨《えんこん》による犯行——とするのが、ごく常識的な判断だが、いったい、永野が誰《だれ》にどのような理由で怨《うら》まれていたのかが、さっぱり浮かんでこない。

それも、ただの殺し方ではないのである。わざわざ新幹線の中で、女装をして、衆人環視の中で殺害する——という、念の入った犯行だ。そういうパフォーマンスには、いったい何の目的があったのだろう?

(そうだ、目的だ——)

浅見はそのことに気づいた。何かよほどの目的がなければ、あんな場所で、危険を冒してまで犯行におよぶ必然性はないにちがいなかった。

パフォーマンスそのものが目的だったのかもしれない——と思った。

つまり「見せしめ」である。

成田《なりた》空港に反対する過激派が、空港建設派の行政官や、果ては航空会社の幹部宅を襲ったりするのも、一種の見せしめであり、パフォーマンスといえる。

永仁産業は鉄鋼関係の商社だという。とすると、軍需産業的な要素がある会社なのかもしれない。そう考えて調べてみたが、それは当たっていなかった。むしろ、戦前までの久保田家が経営していた当時は、軍需産業的要素の強かったのを、永野が引き継いだときから平和産業の色合いを濃くしてきたということらしい。

となると、犯行動機は「私的怨恨」の要素が強いものとしか考えられない。何か、よほど大きな怨みを抱いた人物が、パフォーマンス的な演出を企てた、きわめて計画的な犯行――ということになる。

（パフォーマンスか――）

浅見は次第に気が重くなってゆくのを感じた。パフォーマンスだとか「見せしめ」だとかいうものには、連続性がある。中東の某国が、対立する国のジャーナリストを人質に取って、要求が通らなければ一人ずつ殺す――などと言ったのも、まさに見せしめそのものだ。

殺人は永野仁一郎一人に止《とど》まらず、第二第三の悲劇が起こらないともかぎらない。その場合、次なる生贄《いけにえ》は永野家の人なのだろうか――それともほかの、まったく関係がなさそうな人物が選ばれるのだろうか？――。

浅見は米原署の手島警部に電話して、永野継仁が「安原一派」を憎んでいるらしいことを話してやった。ある程度の情報を提供してやらなければ、警察だって何も教えてくれはしないのだ。ただし、例のペンダントのことはおくびにも出さなかった。

「なるほど、あの若社長がそんなことを言っていたのですか」

案の定、手島はその情報に飛びついた。よほど手掛かり難だった様子で、明日にでも早速、捜査員のチームを東京に派遣する——などと言っている。

「ところで」と浅見は訊《き》いた。

「永野家の内部や、親戚《しんせき》関係の人々は調べたのでしょうか?」

「ああ、もちろんいの一番に調べましたよ。しかし、いまのところ何もめぼしいものは浮かんできませんなあ。まあ、当然、当主が亡くなったのだから、遺産相続問題が持ち上がってくるでしょうがね。そうなると、利害関係がはっきりして、動機を持っていそうな人物が浮かんでくるかもしれない」

「あの列車に同席していた、例の女性ですが、永野家に関係する人々の中に、それに該当するような人物はいなかったのでしょうか?」

「現在までのところ、それらしい人物はおりません。親戚に、似たような年恰好の女性は何人かおりましたがね、いずれもアリバイはあるし、それに、何ていうか、その、美人とはいえないような方々ばかりでしてね。いや、しかし、第三者に殺人を委託した可能性だってないわけではないのだから、まだまだサジを投げはしませんけどね」

「しかし、あれは単純な殺人事件だとは思えませんが。いや、怨恨《えんこん》によるものだとしてもですよ、ああいう場所であああいう殺し方をするのは、見せしめの要素が強いのではありませんか?」

「そのとおりですな……いや、浅見さん、あんたもいろいろ研究したり推理したりするのはいいが、余計な手出しはしないほうがよろしいですぞ。あんたが考える程度のことは、警察ではとっくに考えておるのです。それにこれは殺人事件だ。相手は危険な殺人犯ですからな。興味本位に探偵ごっこをしてもらっては、大いに迷惑なのです」

「分かりましたが、一つだけ聞かせてください」

「何でしょうか？」

「永野氏はたしか、新下関から乗車したのでしたね？」

「そうですよ」

「その相手の女性——もしくは女装した若い男は、どこから乗ったのでしょうか？」

「やはり新下関からのようです」

「だとすると、二人は新下関から京都まで、ずっと隣の席にいたわけですね」

「ん？……ああ、まあそうなりますな。しかし、それがどうかしましたか？」

「二人は話を交わしたり、かなり親しくしていたと考えられるのでしょう？」

「……まあ、そうでしょう」

手島は浅見の真意が分からないので、次第に用心深い答え方になっていった。

「そんなに長く隣の席にいたら、ふつうなら、相手が本当は男か女か、分かりそうなものですがねえ」

「…………」

「それなのに、永野氏は『あの女にやられた！』と言ったのですね」

「そう、そうだ、そうですよ……」

手島はとたんに元気づいたように、大きな声を出した。

「ということは、つまり、犯人はやはり永野氏が言ったとおり、女だったのじゃないですか？　浅見さんが若い男だなんて言うもんだから、自分もすっかりその気になっておったが……ん？　しかし、新幹線の中に女はいなかったのはたしかですなあ。そうすると、列車から脱出する方法があったということになるのかな？」

「だけど、警部さんはあのとき、列車からの脱出は不可能だとかおっしゃいませんでしたかねえ？」

「そのとおり。しかし、実行不可能に見えても、それを何とかしてしまうのが、完全犯罪というものでありますからな。いや、必ず何か方法があったにちがいない。それをみごとに解明してみせるのが、われわれ捜査官の仕事です」

手島は大見得をきったが、それならなぜあの時点で「絶対にあり得ない」などと片付けてしまったのか――と、浅見はますます頼りなく思えてきた。

3

夕餉《ゆうげ》の席で、浅見は母親に例のロケットの中の写真を見せた。

「この服装ですが、ブラウスらしい襟元《えりもと》だけしか見えないので、分かりにくいかもしれませんが、かなり昔のファッションなのでしょうねえ？」

「どれどれ……」

雪江はロケットを手にして、老眼鏡を掛け直した。

「あらほんと、懐かしいわねえ。これはたしか、わたくしの若いころに流行《はや》ったものだわよ。ほら、この花模様の縁かがりが人気でね。わたくしも何枚か持っていたわ」

「ほんとですか。それ、いつごろのことですか？　大正ですか昭和ですか？　それとも明治？」

「ばかおっしゃい。れっきとした昭和の流行ですよ。たしか五・一五事件が起こる少し前から、二・二六事件のころまでは、こういう可愛《かわい》らしいのが持て囃《はや》されたものですよ。昔はね、いまと違って、流行のテンポもゆったりしていたから、数年間はつづいたのじゃないかしら。でも二・二六以降、軍部がやかましくなって、そのうちに、統制だとか、ぜいたくは敵だとか、欲しがりません勝つまではだとか、いやな時代になって、こんなものを着ていると非国民だなんて罵《ののし》られたものよ。非国民——ほんとに、なんていやな言葉でしょうねえ」

雪江は当時の世相を思い出したのか、眉《まゆ》をひそめ、天井を仰いでから、あらためてロケットの写真に見入った。

「でも、そのころは和服姿がふつうですからね、こういうブラウスを着る女性はなかなかのおしゃれだったと思っていいわね。どなたなの、この方?」

言いながら、「あら?……」と小さく呟《つぶや》いた。それからサイドボードの小引出しから天眼鏡を取り出して、写真の主をしげしげと眺めた。

「これ、黒子《ほくろ》みたいだわね……」

「ご存じのひとですか?」

浅見は思わず身を乗り出した。テーブルには兄陽一郎を除く全員——兄嫁の和子と甥《おい》と姪《めい》、それにお給仕役の須美子——がいたが、いっせいに雪江の手元に注目した。

「もしかすると、この方、久保田さんじゃないかしら?」

「えっ!……」

浅見は母親の呟きに飛び上がった。はずみで向う脛《ずね》をテーブルの脚にしたたかにぶつけた。ふだんなら叱《しか》りつける雪江が、写真に神経を集中していて、まるで気がつかない。

「じゃあ、お母さん、その女性を知っているのですか？」

「いえね、分かりませんけど、女学校のときの一級下の方に似ているような気がしたものだから。でも、まさかねえ」

「いえ、そうなんですよ、そのひと、久保田さんっていうんです。いまは違いますけど、結婚する前の姓は久保田、久保田依江さんだったのです」

「あ、そうそう、依江さん――ヨリちゃんとかヨリさんとか呼んでいましたよ。どうして憶《おぼ》えているかっていうと、久保田さんはわたくしのことを慕ってくださってね、お誕生日にエーデルワイスの花を贈ってくださったり……分かる、エーデルワイス？」

「それはあの、お母様のお名前の雪をイメージなさったからでしょう？　それとも、色白のお顔からの連想でしょうか？」

兄嫁が賢く応じた。

「そう、そうなのよ、やっぱり和子さんは優雅なことをおっしゃるわ」

雪江未亡人はご機嫌であった。

「というと、いわゆるSの関係だったわけですか？」

浅見が無遠慮に訊《き》くと、雪江は「なんという、はしたないことを言うの」と真っ赤になった。

「いいじゃありませんか、お母さんにもそういう娘時代があったなんて、すばらしいことですよ。ねえ義姉《ねえ》さん」

「ええ、そうですわ、お母様ならきっと、下級生たちにとって、憧《あこが》れの君だったにちがいありませんわね」

「いやですよ、和子さんまで……」

渋い顔を作ってみせたが、雪江はまんざらでもないらしい。

「ところでお母さん、その久保田さん――依江さんですが、どの程度、いつごろまでご存じだったのですか？」

「いつごろまでって、女学校を卒業して、しばらくは時候のお便りはいただいていたかしらねえ。でも、それこそ二・二六事件のあとぐらいからは、そういうやり取りもなくなったような気がするけど……そうそう、ご結婚なさったのじゃないかしら」

「結婚は昭和二十二年――終戦後のことですよ」

「あら、そうだったの？　昭和二十二年……でも変ねえ、そのころはもう音信不通だったはずなのに……ご結婚なさるっていうお話、たしかに聞いたと思うけれど……」

雪江はロケットの中に記憶が隠されてでもいるかのように、しばらくじっと、写真に見入ってから、「そうよ」と思い出した。

「もっと早かったはずですよ。まあ、わたくしより早いのね——って、先を越されたのがちょっとショックでしたもの……だけど光彦、あなたどうして、久保田さんを？……そうだわ、どうしたの、このロケット？」

「はあ、じつは……」

浅見は言い淀《よど》んだ。母親が依江のことを知っていたのは、思いがけない大収穫だが、反面、これは厄介なことになってきたぞ——と辟易《へきえき》する気持ちもつのった。

「僕の友人が、そのまた友人からロケットを預かりましてね、いったいいつごろの品物なのかって、訊《き》いてきたのです。それで、お母さんならご存じかと思って……しかし、思わぬ偶然にぶつかりましたねえ」

「ふーん、そうだったの……」

雪江はふだんほどには疑わないで、またロケットの写真に視線を戻した。久し振りに娘時代の思い出にひたって、少し感傷的な気分になっているのかもしれない。

「そうすると、そのお友達、久保田さんの息子さんか何かじゃないの？」

「いや、そこまでは確かめませんでした」

「何ておっしゃる方？　お名前は」

「友人の名前はたしか、永野さんとか。永久の永のほうを書くそうです」

「そう、永野さん……」

雪江はしばらく考えてから、首を振った。

「それじゃ違うのかしら。久保田さんのお嫁入り先は、そういうお名前じゃなかったような気がするわねえ。でも、もしその方とお会いするようなことがあったら、それとなく訊いてごらんなさい。四谷《よつや》の女子学園をお出になっていないかどうか」

「はあ、訊いてみます」

気がなさそうに答えながら、そのじつ、浅見は浮き立つ想《おも》いを抑えるのに苦労していた。永野家を訪問する――そして未亡人と込み入った話をする、恰好《かっこう》の材料が手に入ったものである。

翌日、浅見は田園調布へ出掛けて行った。永野家を訪れることもそうだが、もう一つ、池宮果奈と高山隆伸の様子を窺《うかが》うという目的もあった。

その高山とは路上で、おかしな状況で出会った。浅見のソアラが角を曲がると、永野家の門前で高山が二人の男とやり合っているのが見えた。ただの会話ではなく、明らかに険悪なムードだ。下手すると、それこそバッグの中の短刀にものを言わせそうな気配が感じられた。

浅見は急いで車を降り、三人に駆け寄った。それに気づいて、高山は地獄でほとけのような顔になった。

「浅見さん、頼みますわ」

「どうしたのですか？」

「いや、こちらさん刑事さんなのやけど、何やらわしを疑うてはるのですわ」

二人の刑事は新しいカモが来た——と言いたげに浅見に面と向かった。

「えーと、おたくさんは、この人の知り合いですか？」

「はあ、そうですが、いったい何があったのですか？」

「いや、そこのお宅から電話がありましてね、不審者が昨日からウロついているから、注意して欲しいという。それで来てみると、どうやらこの人らしいのです。一応、身元その他、お訊きしているのだが、どうも言っていることが妙でしてね。それに住所も不定のようだし、下関で人を殺してきたばかりだと、いいかげんなことを言うし……」

手を焼いた——と言いたげだ。

「いや、下関で人を殺して来たというのは事実ですよ。ねえ、高山さん」

「そうです、ほんまでんがな。刑事さんはちいとも信用してくれへんのや」

刑事は顔を見合わせた。わけの分からないのが一人増えた——と、いささかうんざりしている。

「そういうわけですから、下関から逃げて来たばかりで、住所も定まっていないのですよ。そのことは僕が保証します」

「人殺しを保証してどうなるのかね……あんた、住所氏名は？」

浅見は名刺を出した。

「フリーのルポライターをやっている者ですが、列車の中で高山さんと知り合って、ここで待ち合わせて東京を案内することになっていたのです。ちょっと遅れてしまって、ご迷惑をおかけしました」

「ふーん……どうやら、あんたのほうはまともらしいが、こういうおかしなことを言う人を、知らない土地で放りっぱなしにしておいては困りますな」

「おかしなことやないですがな」と、高山はむきになって言った。

「わしは下関でちゃんと人殺しをして来たのやさかい……」

「分かった、分かった、ヤクザの幹部を短刀でズブリとやったのだろ？　ご立派な人殺しだよ」

苦笑しながら言うと、浅見に「とにかく、以後は充分注意するようにしてくださいよ」と念を押して、刑事は行ってしまった。

「なんや、あのおまわり、ひとをコケにしおってから。ほんま、いてこましたろか」

高山はせっかくの「殺人」が認められなくて面白くないらしい。

「まあ、いいじゃないですか。世の中には警察から逃げたがっている人が多いのですからね。それに較《くら》べれば、高山さんはむしろ堂々としていますよ」

「それはそうでんなあ。こんなに堂々としとる殺人犯人も珍しいでっしゃろなあ」

「ところで、その後、池宮さんはどうしていますか？」

「あ、お嬢さんでっか？　お嬢さんやったら、いまはお仕事の最中ですがな。けさ、お訪ねしたら、徹夜でマンガを描《か》いてる言うてはりました」

「じゃあ、高山さんは、朝からずっとここに立っていたのですか？」

「そうだす」

高山はケロッとした顔で言った。

（永野家の人が警察を呼びたくなるはずだ――）と、浅見は呆《あき》れた。どう見たってそのスジの人間にしか思えない男に、昨日も今日も、門の前に佇《たたず》んでいられたのでは、さぞかし気味が悪かっただろう。

「それで、高山さんのアパートは見つかったのですか？」

「いえ、それがあきまへんのや」

　高山は情けない顔になった。どこの不動産屋へ行っても、断られるのだそうだ。不動産屋がＯＫを出しても、家主が高山に会うと、判で捺《お》したように「だめです、けさがたほかの人で決まりました」と言う。

「やっぱし、この商売やっとると、嫌われますのやなあ……」

　いくら鈍感でも、相手の敵意は分かるらしい。高山はそう言って慨嘆した。孤独で行きどころのないヤクザというのも、また哀れなものである。

「僕が一緒に探して上げますよ。だからそう気を落とさないで」

　浅見は慰めて、二人揃《そろ》って果奈のアパートを訪問した。

　チャイムを鳴らすと、マジックアイから覗《のぞ》いている気配があって、すぐにドアが開き、果奈が顔を出した。

「わァ、嬉《うれ》しい、浅見さん……と高山さん」

　後半はトーンが落ちたが、それでもスリッパを二つ揃えて出した。

「いや、女性の独り住まいに上がり込むわけにはいきません。それに車が違法駐車だし。池宮さんの元気そうな顔を見ただけでいいのです。徹夜で頑張っているそうですね、立派だなあ」

「徹夜？……あ、ええ、そうなんです」

おかしそうに言って、浅見にだけ分かる早口で、「徹夜で寝てるんです」と囁《ささや》いた。

4

果奈がコーヒーだけでもというのを固辞して、外に出ると、高山に車の番を頼んでおいて、浅見は永野家の門を入った。

弔問の客が三人、玄関で挨拶《あいさつ》して出て行くのと擦れ違った。客を見送ったのは継仁で、にこやかな顔を一転、憎しみに満ちた表情に変えて浅見を見た。

「またですか、何の用です？」

「じつは、お母さんにお目に掛かりたいのですが」

「だめだって言ったでしょう。母は気分がすぐれないので、ずっとふせっているのです。用事があるのなら、また出直していただくか、私が承りましょう」

「それではお訊《き》きしていただけますか。お母さんは、四谷の女子学園をご卒業になったのですね？」

「はあ？……何ですか、それは？」

永野継仁は四十一歳だそうだ。それにしても永仁産業の社長ともなれば、もう少し重みがあってよさそうなものだが、目を見開いて、キョトンとした顔になると、いかにも坊ちゃん育ちらしい軽さが目立った。

「今度は興信所みたいなことをしているのですか？　いい加減にしてくれませんかねえ」

「いえ、べつに興信所みたいななどと、そういうことはやっておりません。ただ、ちょっとお訊きしたいだけで」

「だったら、女子学園を出ていれば、それがどうしたと言うのですか？」

「そのころ、エーデルワイスについて、何か思い出すことがありませんかと……」

「エーデルワイス？……何のことですか、それは？」

「とにかく、そう訊いていただけば、お分かりになるか、それとも何もご存じないかのどちらかですので」

「しかし、女子学園に行っていたのは、母が十六、七のころでしょう。いまから五十何年も昔のことですよ。何だか知らないが、憶《おぼ》えているはずがないでしょうが」

「はあ、そうは思いますが、一応、念のためにどうぞ……」

浅見はばか丁寧に頭を下げた。継仁は面倒臭そうに「ちぇっ」と舌打ちをしたが、それでも奥へ訊きに行ってくれた様子だった。

それからずいぶん待たされた。十分か十五、六分か——とにかく、立ちん坊の浅見はいささか参った。

やがて、しのびやかな足音がして、思いがけなく依江未亡人が現れた。ふせっていたというのは、まんざら作りごとではなかったらしい。着物の着付けはちゃんとしているのに、鬢《びん》のほつれが直しきれていなかったりして、いかにもたったいま、大急ぎで身繕いをしたという感じがした。

「あの、エーデルワイスのこと、どうしてご存じでいらっしゃいますの？」

依江は挨拶《あいさつ》ももどかしげに、訊いた。思い出が一度に蘇《よみがえ》ったのか、小首をかしげた様子には、まるで少女のおもむきがあった。

「じゃあ、やっぱりあなたがそうだったのですか……」

浅見にとっても、それは感動的な瞬間になった。

「母に聞いたのです」

「えっ、お母様に？……」

「ええ、僕の母は雪江といいます」

「まあ、それじゃ、あの雪江様の……まあ、どうしましょう……」

依江は頬《ほお》を染め、身をよじるようにして、感情の昂《たかぶ》りに耐えている。それはまた少女の羞《は》じらいそのままで、見ようによってはひどく滑稽《こっけい》なはずなのに、浅見はなんだか、涙ぐみたいほど厳粛なものを感じてしまった。

「じつは、母にあのロケットを見せたところ、もしやそうではないか――と申しまして、それで、失礼かと思いましたが……」

「いいえ、失礼だなんて、こちらこそ失礼なことをいたしました。一昨日《おととい》、ロケットを拝見したときは、存じ上げないなどと嘘《うそ》を申したそうで。いいえ、あれはたしかにわたくしの大事にしておりました品でございますのよ。でも、お懐かしいわァ、お目にかかりたいですわねえ。雪江様、お元気でいらして？」

「はあ、元気だけが取柄でして」

「そうですわねえ、昔から、まるで宝塚の男役みたいにシャキッとなさって。色白でお美しくて、とても頭がおよろしくて、ほんとうに憧《あこが》れの的でしたのよ」

「しかし、いまは昔の面影は見るかげもないと思いますが」

「そんなことおっしゃるものではありません。わたくしなんか、もっとずっとお婆《ばあ》さんになってしまいましたもの」

「そんなことはありません。母もあの写真を拝見して、すぐに分かったようですが、僕だってよく似ていらっしゃると思っていましたから」

「ほほほ、嘘ばっかし……」

依江は嬉《うれ》しそうに笑った。そういう表情を見るのは、これがはじめてだった。しかし、依江はすぐに真顔に返って訊《き》いた。

「あ、そうそう、あのロケット、どうしてあなたさまのお手に渡ったのかしら？　それをお訊きしたいのですけれど」

「それは話せば長いことに……」

浅見は言いかけて、いったいどう話せばいいのか、迷った。その窮地を救うように、そのとき、依江の背後のドアから継仁の顔が覗いた。

「お母様、牛込《うしごめ》の叔父《おじ》様がお話をなさりたいそうですよ」

「あらそう、いま参りますって伝えて」

「はあ……」

継仁は立ち去らずに、ドアの前で母親を待つ構えだ。何か余計なことを話さなければいいが――と監視するつもりらしい。

「大丈夫よ、継仁、すぐに行きますから」

依江は煩わしそうに、息子に手を振った。

「それでは、いずれ母がお邪魔すると思いますが、今日はこれで失礼します」

浅見が挨拶《あいさつ》するのを見て、継仁はようやく玄関ホールを立ち去った。

依江は「お構いもしませんで」と恐縮して、「それに、お越しいただくなんてとんでもございません、こちらからお伺いいたします」と言った。

「主人の初七日が過ぎましたら、必ず参るとおっしゃってくださいまし」

その約束は七日後に果たされたが、そのとき浅見は留守であった。夜遅くに帰宅すると、雪江がまだ起きていて、「今日、依江さんがおみえになったわよ」と言った。どことなく浮かぬ顔をしている。

「やっぱりね、あの方、最初にご結婚なさったのは永野さんじゃなかったのよ。奥平《おくだいら》さんとおっしゃる東京帝大のご出身の方。そういえば、おぼろげに憶《おぼ》えていましたよ、そのお名前も、それに、とても素敵な方だとかいうお噂《うわさ》もね。いま思うと、あなたのお父様の後輩だったのねえ」

「というと、その奥平さんとは離婚したのですか？」

「ばかおっしゃいな、そうじゃありませんよ。戦死なさったのですって。それも終戦ぎりぎりのときになって……ほんとうにお気の毒だこと」

「そうだったのですか……」

浅見も雪江の気持ちに感染したように、気分が滅入《めい》ってきた。

「でも、戦後に再婚なさって、お子様にも恵まれて、お幸せになったとはおっしゃってましたけれどね」

そういうものかな——と浅見は内心、首をひねった。依江と息子の継仁との、どこかギクシャクしたようなやり取りを聞いていると、必ずしも幸せだったとは言い切れない印象があった。

「ところで光彦、あのペンダント——ロケットのことだけれど、あれはまだあなたが持っているの？」

「え？　はあ、持っていますが」

「そのことをね、依江さん、気になさってらしたわよ。いったいどこからどうして手に入れたのかって」

「それよりも、永野未亡人はいったい、その大切なペンダントをどこでどうしてしまったのか、そっちのほうを聞きたいですね。紛失したのか、盗まれたのか、それとも……」

「えっ？　それとも、何なの？」

「そうか、分かりましたよ」

浅見は手を打って、「ペンダントは戦争へ行ったご主人に上げたのでしょう」

「ああ、そうね、そうだわね、たぶん」

雪江も頷《うなず》いた。

「しかし、それから先はどうなったのかなあ。ご主人が戦死したあと、その遺骨や遺品はどういうことになったのですかねえ？」

「内地へ送り返すか、それとも戦友の方がお持ちになったか……いずれにしても、終戦の混乱のときですもの、遺骨も遺品も還《かえ》らないことのほうが多かったのじゃないかしら」

「戦死したのはどこだったのですか？」

「三十八度線の少し北のほうですって」

「三十八度線ですか……」

「終戦を迎えたのは朝鮮半島の北部――鴨緑江《ヤールーコウ》の向こう岸だったそうよ」

「えっ？　鴨緑江ですって？……」

「そうよ、あの辺りはひどかったらしいわね。終戦間際に参戦したソ連の戦車隊に追われ、河を渡るのがやっとだったって、聞いたことがありますよ。そのときに負傷され、撤退する途中、戦死なさったのじゃないかしら」

「永野さんのご主人も終戦を迎えたのは、鴨緑江北岸だったそうです」

「まあ、ほんと？……」

雪江は眉《まゆ》をひそめた。何かふっと、得体の知れぬ不安のようなものを感じたのかもしれない。

「そのこと――ご主人のことは、彼女は何も言わなかったのですか？」

「ええ、おっしゃいませんでしたよ。ただ、ご主人は最近亡くなられたとか。それだけおっしゃってたけれど」

「死因についても、ですか？」

「死因？　何なのですか、それは。まるで事件みたいな言い方をして」

「ええ、事件なのですよ。永野氏は新幹線の列車の中で殺害されたのです」

「えっ？　じゃあ、このあいだのあの、テレビや新聞に出ていた、あの事件がそうだったの？」

「驚きましたねえ、未亡人はそういうこと、おくびにも出さなかったのですか。どうして隠したりしたのだろう？」

「べつに隠したわけではないでしょう。こちらが訊かなかったから、あえておっしゃらなかったのですよ、きっと」

雪江はまるで刑事の訊問《じんもん》に言い訳をする、被疑者のようなことを言った。無意識に依江を庇《かば》おうとする気持ちがはたらいているのかもしれない。

「あのペンダントは依江さんの元のご亭主が戦死したとき、戦友の誰かが持ち帰ったとして、それをあの男がなぜ持っていたのかが問題ですね」

「あの男って、何ですかその言い方は。かりにも、あなたのお友達なのでしょうに」

「あ、ああ、そうですが……」

雪江の鋭い突っ込みに、浅見は狼狽《ろうばい》した。

第五章　七卿《しちきょう》は死ぬ

1

その次の日、永野未亡人から電話があった。最初は雪江が話をしていたが、リビングルームのソファで新聞を読んでいた浅見に手招きした。

「依江さんが、光彦にものをお頼みになりたいそうよ。言っておきますけれど、くれぐれも失礼のないようになさい」

送話口を覆って、おごそかに言った。

「はい」

浅見は畏《かしこ》まって、受話器を戴《いただ》いた。

「先日は失礼いたしました」

永野依江は丁寧な口調で、浅見が永野家を訪れた最初のときから、二回目のとき、そして昨日の留守中の訪問にいたるまでを、大いに恐縮して、詫《わ》びを言っている。

「じつは、警察の方がおっしゃるには、あなた様は下関の火の山のことをご存じでいらっしゃるのだそうで、そのことで、もしお願いできますものでしたら、まことに勝手なお願いで恐縮でございますけれど、お教えいただけないものかと存じまして、それで……」

未亡人の話は回りくどくて、ばか丁寧で、黙って聞いていると最初に言われたことが何だったか忘れそうだ。

「ええ、いいですよ」

浅見は話の途中であっさり言った。

「えっ、さようでございますか、それはどうも、快くお引き受けくださいまして、ありがとうございます。それで、ご都合のよろしい日にちをご指定いただければ光栄なのでございますけれど……」

「いつでもいいです、僕はどうせ暇人ですから」

雪江がこっちを見て、顔をしかめた。

「まあまあ、そうおっしゃっていただけますれば……なんてお優しいお坊ちゃまでいらっしゃいますことでしょう。では、お言葉に甘えて、早速わたくしどものほうで段取りをさせていただきますので、よろしくお願い申し上げます」

電話を切るなり、雪江が文句を言った。

「なんですねえ暇人だなんて、人聞きの悪い。あなたのことは、文学のお勉強で、まだ所帯も持たずに励んでいる——と言っているのですよ」

嘘《うそ》つきは泥棒の始まり——と言おうと思ったが、浅見は「すみません」と謝った。

それから二日後、浅見のところに永野依江から一通の封書が届いた。封書の中身は、最初の二、三行で読む気を喪失させる、およそばか丁寧な書き出しで始まる礼状と、どういう意味なのだろう、下関行きの新幹線のチケットが入っていた。

「えっ？　何だい、これは？……」

浅見はリビングルームで、思わず呟《つぶや》いてしまった。耳ざとい雪江がドアから顔を覗《のぞ》かせた。

「どうしたの？　何かあったの？　まさか交通違反の呼び出しではないでしょうね。いやですよ、浅見家の恥曝《はじさら》しになるようなことをしては」

「違いますよ、それに、僕はいつだって法規にのっとった正しい運転をしています」

高崎《たかさき》でスピード違反のネズミ取りに引っ掛かったことなど、絶対に知られてはならないのだ。

浅見は永野依江からの手紙と新幹線のチケットを見せた。

「おや、もう送ってくださったの。ほんとにあの方の几帳面《きちょうめん》さは、昔のままですわね」

「もう送って……几帳面……いや、あのですね、それではお母さんはこの新幹線の意味はお分かりなのですか？」

「新幹線は新幹線でしょう。何をうろたえたことを言っているのです」

「しかし、なんだって僕のところにこんなものを送って寄越《よこ》したんですかねえ？」

「こんなものって、光彦、あなたお約束したじゃありませんか。暇人だからいつでも結構とか」

「えっ、あれがそうですか？　驚きましたねえ、僕は何か相談があるっていうから、いつでもいいですよって……まさか下関へ行くなんて思っていませんよ」

「おや、そうだったの、知らなかったの？　そういえば、わたくしが前もって、必ず行かせますってお話しした部分、あの方、説明なさらなかったのね」

「…………」

浅見は呆《あき》れ返った。説明なさらなかったのはおふくろさん本人ではないか――と思ったが、そんなことは口が裂けても言えたものではない。

「しようがありませんね、僕のほうからお断りしておきましょう」

「おや、光彦、お断りするって、あなた、まさかそれ、本気ではないでしょうね？」

「いえ、本気ですよ。いくら何でも、下関くんだりまでは行けませんよ」

「それじゃあなたは、嘘《うそ》をついたことになるじゃありませんか。とんでもないことです、嘘つきは泥棒の始まりですよ」

「しかしですね、僕だって居候の身分としては、遊んでいるわけにはいかないのです。その日は『旅と歴史』の原稿の締切日ですからね、とてもとても……大恩ある藤田編集長には逆らえません」

「その原稿を書いて、おいくら戴けるの？」

「それはまあ、五万円ほど……」

「だったらお断りなさい、依江さんはお駄賃に十万円くださるそうよ」

「行きます、下関へ」

『旅と歴史』も大恩も何もかも、十万円の彼方《かなた》に消えてしまった。

2

浅見が電話で下関へ行くと言うと、果奈は急に里心がついたように、「私も帰りたくなってしまいました」と、珍しく弱々しい声を出した。

「ははは、それじゃ下関へ引き上げますか、お嬢さん」

浅見はわざとからかうように言った。

「帰りませんよ」

果奈はすぐにきつい声になった。

「いまはマンガにのめり込んでいるところですからね、おかしなことは言わないでくれませんか。それよか、実家に寄って、果奈はすっかり東京の人間になってしまったとでも伝えてください」

「その元気があれば、まだしばらくはもちそうですね。お父さんにご安心くださいと申し上げることにしますよ」

「そんなことはどうでもいいですけど、家に寄るのでしたら、近藤という者がいますから、案内してもらうといいですよ。私から電話しておきます」

「それはありがたい。ところで、高山さんのアパートは見つかったのですか?」

「まだだめみたい。渋谷かどこかのビジネスホテルに泊まって、昼間になると、この辺をウロウロしているみたいですよ。買物で出掛けると、電柱の陰に隠れて、こっちを見ていたりするんです。困ってしまう」

「そんな冷たいことを……ご本人はあれで、ボディガードのつもりでいるのですからね。いずれにしても、男性に熱烈に想《おも》われているのに、文句を言ってはいけませんよ」

「同じ想われるのなら、浅見さんにしてもらいたいわ」

果奈はきわどいことを言っては、浅見をドキリとさせる。

「とんでもございません、ヘッポコ探偵風情《ふぜい》がお嬢さまに……恐れ多いことでございますよ、はい」

浅見は冗談めかして言って、急いで電話を切った。まったく、果奈には煽《あお》られる。男と女の関係に関しては、ひょっとすると果奈のほうが一枚も二枚も上手かもしれない。


永野依江とは新幹線の中で待ち合わせた。二階建てグリーン車の二階席であった。浅見はもちろんはじめての体験だ。高いところにあるから揺れるかと思ったが、じつに乗り心地がいい。ＪＲになってから、サービスも車両もどんどんよくなる。それにつけても国鉄時代のそれは——あれはいったい何だったのだろう？

永野依江は旅慣れないらしく、浅見と顔を合わせ、挨拶《あいさつ》を交わしたあとも、不安そうにして、話もろくろくしなかった。しかし列車が走りだすと、窓外の風景に「あらまあ」とか「へえー」とかいった、子供っぽい歓声を洩《も》らしていた。

「ご主人はずいぶん旅行をなさっておいでのようですけど、奥さんはご一緒しなかったのですか?」

「ええ、わたくしは旅行はもちろん、外に出歩くことが億劫《おっくう》でしたものですから」

「しかし、拝見していると、けっこう楽しそうにお見受けしますが」

「あら、そうでしょうかしら……わたくしとしたことが、はしたないところをご覧に入れたようですこと」

依江は恥じて、そのくせ、相変わらず窓の外の風景に熱中した。富士山が見えたときなど、うっとりして声も出さない。

依江の言うとおりだとすると、永野仁一郎は夫婦揃《そろ》って旅行する趣味も習慣もまったくない、野暮天《やぼてん》だったことになる。そのことと、依江がかつて他人の妻であったこととのあいだには、関係があるのだろうか?

依江があまり話しかけないでくれたお蔭《かげ》で、浅見は下関までの半分近くをうたた寝で過ごすことができた。

下関はよく晴れていた。新下関駅のプラットホームに降りると、大柄な男が近寄ってきた。身長は浅見と同じくらいだが、横幅が断然でかい。

「浅見先生でありますですね、お待ちしておりました」

いきなり言って、浅見が持っていた自分のボストンバッグと依江のスーツケースを、ふんだくるようにして取った。

「あ、あの、あなたは？」

「近藤です」

浅見はあやうく笑いそうになった。大男の言い方が、テレビのコメディアンが「コンドーです」と真似《まね》をするのを思い出させた。それにしても、「先生」だなどと、果奈はいったいどういう売り込み方をしたのだろう？　彼女の茶目っ気には閉口する。

「ああ、池宮さんからあなたのことは伺っています。しかし、よく分かりましたねえ」

「はい、お嬢さんから先生の似顔絵を送っていただいておりますので」

近藤はポケットから四つ折りにした紙を出して広げた。浅見の似顔絵が描《か》かれている。少し細めだが、なかなかスマートで、かっこいい。その似顔の脇《わき》に「浅見探偵事務所所長・浅見光彦先生」と書いてあった。

（参ったな——）

浅見は胸のうちで苦笑した。果奈の漫画のストーリーは、とうとう虚実が入り交じって、一人歩きしだしたらしい。

それにしても思いがけなくありがたい歓迎であった。当初はタクシーでいったん下関市内のホテルに入る予定だったけれど、急遽《きゅうきょ》変更して、近藤の運転するベンツで真っ直《す》ぐ火の山へ向かうことにした。

途中、山麓《さんろく》の赤間神宮に立ち寄った。昔風のところがある依江は神宮にも丁寧にお参りしていたが、ほんとうの目的は耳なし芳一の堂を見ることにあった。

永野未亡人は耳なし芳一の堂の前に立ち、じっと地面を見つめていた。果奈が話していた永野の立ち姿も、ほぼそんな恰好《かっこう》だったのだろう。依江もそれを思いながら立っているにちがいない。そうしていれば、地の底から亡き夫の魂の記憶が呼び掛けてくるような気がするのかもしれない。

堂の左側には七盛塚がある。天気はよく、見上げる空は真っ青だったが、それだけに、七盛塚のある木立の下は対照的に薄暗い。ガイドブックによると、平家の武将の墓は十四基だそうだが、実際には墓碑の数は、はるかにそれを上回る。無数ともいえるほどの墓碑がひしめきあうように地上に生えている風景は、いかにも陰鬱《いんうつ》であった。

「参りましょうか」

依江はようやく思い切りがついたように言って、耳なし芳一の堂に小さく会釈してから、先に立って歩きだした。

赤間神宮から海峡沿いの道を東へほんの少し行き、関門橋の下をくぐった辺りから左へ入ると、まもなく火の山めがけてグングン登る坂道にかかる。

火の山については、浅見も観光ガイドブック程度の知識は仕入れてあった。ガイドブックでは、火の山がかつて要塞《ようさい》だったことにも、わずかに触れていた。そのことを言うと、近藤は「はい、そのとおりであります」と兵隊のような固い口調で答えた。

「自分ももちろん人から聞いたり、本で読んだりしたことでありますが、火の山は下関でもっとも重要な要塞があったところやそうです」

火の山が要塞になったのは、明治二十三年（一八九〇）――つまり旧憲法施行の年である。下関に要塞砲大隊が置かれて、ほかのいくつかの山とともに、山頂に砲台が築かれた。以来終戦の年まで、五十五年間、火の山は秘密のヴェールに包まれることになったのである。

「火の山」の名前の由来は、ここに砲台があったところからついたという説と、いやそうではない、古代、天智《てんじ》天皇のころ、都との連絡のためののろし台があったところから、そう呼ばれるようになったのだ――とする説とがある。

山頂の北側、約百メートルばかりのところに駐車場があって、そこから先は歩くことになる。しかし、そこまで行けばあとは比較的平坦《へいたん》で、依江にもさほど苦にはならなかったようだ。

火の山のてっぺんには大きな展望台の建物が建っていた。円形で三百六十度の眺望が楽しめる——と豪語している。そこから関門海峡を見下ろすと、たしかにこの山が要塞として最適だったことが窺《うかが》える。狭い海峡を通過する船は、どんなに小さな舟でも見逃すことはなさそうだ。

「この真下辺りで、源平の船が入り交じり、戦ったのであります」

近藤は二人の「客」に説明した。

火の山の真下は壇ノ浦である。左手の海には満珠干珠《まんじゆかんじゆ》の島が浮かぶ。正面には門司《もじ》の街と山、右に目を転じると関門橋、巌流島《がんりゆうじま》、彦島《ひこしま》から北九州・小倉《こくら》方面まで、複雑に入り組んだ岬や島々を望むことができる。さらに、円形のフロアを巡れば、北西側の窓から日本海方面が見えるのだが、永野未亡人は海峡を望む位置から動こうとしなかった。

「主人はここに立って、こうして海峡を眺めたのでしょうかしら」

永野未亡人は感慨深そうに呟いた。

「浅見さんはご存じかしら、赤間神宮の先帝祭のこと」

依江は妙に気抜けたような口調で言った。

「平家が滅亡したとき、生き残った上臈《じょうろう》や官女たちは、遊女に身を落として暮らしを立てなければならなかったのですよ。年に一度、安徳帝のご命日に彼女たちは、かつての上朧のころの衣装をまとい、先帝のご陵に参詣《さんけい》したのだそうです。女は哀れなものですわね」

最後は吐息のようになった。

「要塞のころの遺物がありますけど、ご覧になりますでしょうか？」

近藤は図体に似合わず、遠慮がちにものを言う。

「ええ、ぜひ……」

浅見より先に依江が反応した。

「ぜひ拝見させてくださいまし」

近藤はもちろんだが、浅見もびっくりするような、異常に期待感のこもった言い方であった。何かその「遺物」に夫の死の手掛かりでもあると思っているのだろうか？——。

展望台から三百メートルほど東へ行った山頂の中央部付近に「遺物」はあった。掩蔽壕《えんぺいごう》——つまりトーチカである。そういわれても分からない若い人なら、阿蘇山《あそさん》の避難壕を連想すればいい。部厚いコンクリートの屋根を載せた、ほぼ円形に近い壕だ。広さは畳数にして三十畳程度はたっぷりありそうだ。屋根の下の一方に平たい窓が開いていて、おそらくそこから海峡に向けて大砲が突き出していたのだろう。

三人はガランとしたトーチカの中に入って、周囲の壁を見渡した。思ったほど狭くはなく、人間が立って歩ける程度の高さもあるが、それでも閉塞《へいそく》された気分は否めない。兵《つわもの》どもが夢のあと——などと風流を気取るには、少し殺風景すぎる。

ただ、見た感じでは被害を受けた痕跡《こんせき》はないので、少なくともこの壕で死んだ兵隊はいないらしい。もっとも、火の山にはいくつものトーチカが築かれていただろうから、そのどこかで、大勢の兵隊たちが死んでいったことは想像できる。

3

トーチカの壁には沢山の落書きがあった。他愛ない相合傘マークのものもあれば、年月日と「○○ここに来る」などと書いたものもある。総じて、どこにでもある珍しくもないものばかりだ。

その落書きを、依江は一つ一つ、丁寧に調べながら、トーチカ内を一巡した。おそらく永野が何かを書き残していまいか、それを期待しているのだろう。浅見はその作業に参加しようにも、永野の筆跡を知っているわけではないので、ただ傍観しているほかはなかった。

「近藤さんは地元のお生まれですか？」

浅見は隣でずっと直立不動のままでいる近藤に話しかけた。

「はあ、自分は下関の人間です」

「それじゃ、火の山には何度も登られたのでしょうね？」

「はい、中学時代にはこの山を縄張りにして、だいぶん遊びましたです」

どういう「遊び」をしたのかは、果奈の話で近藤についての予備知識があるから、大方、想像はつく。

「そのころといまとでは、火の山も様子が変わっているのでしょうか？」

「そうですなあ……いや、そんなに変わってはおらんと思いますが。そのころはすでに展望台も出来ておりましたし」

「ロープウェイもあったのですか？」

「ああ、もちろんです。ロープウェイが出来たのは昭和三十三年ですので」

浅見が生まれたころの話である。それにしても、完膚《かんぷ》なきまでに叩《たた》きのめされた、あの戦争から、わずか十三年しか経《た》っていない窮乏の時代に、物見遊山の象徴のようなロープウェイを作ってしまうというのだから、まったく日本人とはマメな民族である。

浅見は熱心に説明する近藤の肩越しに、依江の様子を見ていた。

依江は何かの落書きの前で、ギクリとしたように立ち止まり、しばらく壁を眺めていたが、それから、わずかに頭を下げたように見えた。

「何かありましたか?」

浅見が声をかけて近づくと、依江は当惑げに振り向いて、「いえ、べつに……」と答えたが、見られていたことを悟ったのだろう、仕方なさそうに、壁の落書きを指差して、

「これ、少し変わっているとお思いになりません?」と言った。

指の先には、かなり前に書かれたものらしいマジックの文字が辛うじて「七卿《しちきょう》は死ぬ」と読めた。

「七卿は死ぬ……ですか、妙な落書きですね。何のことでしょうか?」

浅見は訊いたが、依江は黙って首を横に振った。

「これ、まさか、ご主人の筆跡ではないのでしょう?」

「はあ、違いますわね。ただ……」

依江は少し躊躇《ためら》ってから、「七卿のことを、主人が言っていたことがございますものですから」

「七卿のことといいますと、七卿がどうしたとおっしゃっていたのですか?」

「たしか、『七卿は最後、どうなったのだったかな』と、そのように申したと記憶しております けれど」

「いつごろのことですか？」

「かれこれ一年ほどになりますかしら……夜のお食事をしているとき、ふいに思い出したように、そう申しました」

「七卿というのは、例の七卿落ちの七卿のことなのでしょうね？」

「そうだと思いますけれど……ほかには考えようがございませんものね」

「しかし、なぜ突然、ここに七卿が出てきたのですかねえ？」

「七卿やったら」と、脇《わき》から近藤が恐る恐る言った。

「長府に七卿が潜んでおったお寺がありますけど」

「あ、そうでしたっけ、七卿は長州《ちょうしゅう》に落ちのびて来たのでしたっけね」

浅見はとんだ恥を掻《か》いた。

「それじゃ、ひょっとすると、ご主人が七卿のことをおっしゃったというのは、去年下関からお帰りになった直後だったのではないですか？」

「そうですね、そうだったかもしれませんけれど……よく憶《おぼ》えてはおりません。すっかりぼけてしまいまして」

依江は悲しそうに頭を振った。

「いえ、そんなこと……僕なんかもっと忘れっぽいですよ。原稿の締切なんか、しょっちゅう忘れてばかりです。いや、編集者なんかもっとひどくて、原稿依頼したことも忘れてしまうくらいです」

浅見は慰めるつもりで言ったのだが、あまり効果があったとは思えない。

「そうすると、ご主人もこの落書きをご覧になったのでしょうか？」

あらためて「落書き」に視線と話題を戻した。たしかに、その気になって見ると、一年か、あるいはそれ以前に書かれたような古い落書きだった。

「いずれにしても、ただの落書きとは考えられませんねえ。何か意図があって、こんなことを書いたのでしょうが、何なのでしょうかねえ？」

――七卿は死ぬ――

どう考えても、こんな落書きをただ意味もなく書くことはあり得ない。何かのメッセージにちがいないと思うのだが――。

「そこ、どちらですの？」

依江が近藤に訊いた。

「は？……」

「お寺です、七卿が潜んでいらしたというお寺、この近くですの？」

「はあ、そうです、近いといえば近いです。長府のほうです。行かれますか？」

「はい、もしお願いできますれば、案内していただきたいのですけれど」

「できますとも。あの、浅見先生、よろしいですね？」

一応、「先生」にお伺いを立てた。

「もちろんです、僕からもお願いします」

三人はトーチカを出た。依江はここでも立ち去りがたい想《おも》いがあるのか、振り返り、耳なし芳一の堂にしたのと同じような、小さな会釈をしていた。

4

下関市長府は情緒のある住宅地である。かつては海岸ぎりぎりを道路が走っており、道路の北側からゆるやかな斜面一帯が長府の市街地であった。そのころは住宅の目と鼻の先に海が広がり、満珠干珠の島が箱庭のように望めたのだった。

道路の南側が埋め立てられ、巨大工場や火力発電所が建設され、かつての美しい風景は消えてしまった。しかし、それでもまだ長府は美しい街だ。土塀のつづく路地や由緒ありげな屋根瓦《やねがわら》の屋敷など、しっとりと心が落ち着く風情《ふぜい》に満ちている。

「この右手のほうに池宮家があります」

近藤はそう言いながら左にハンドルを切った。ベンツには少し狭く感じる道を五百メートルほど行くと、右側に幅も奥行もゆったりした石段の参道がある。そこが七卿潜寓《せんぐう》で有名な功山寺《こうざんじ》であった。

門前に高杉晋作《たかすぎしんさく》回天義挙の碑があった。高杉晋作は、有名な奇兵隊を設立したのをはじめ、長州藩の保守的体質を引っ繰り返し、ついには絶対的な幕府の支配体制まで引っ繰り返してしまった風雲児だが、わずか二十七歳の若さで逝《い》った。いま風にいえば、大学を卒業してたった四、五年の短いいのちである。物心つくまでに数年、勉強に数年かかったとして、ほんとうに一人前の人間として認められたのは十年にも満たなかっただろう。その短いあいだで天下を引っ繰り返してしまったのだからすごい。

それに引き換え、このおれは――と、浅見は足早に碑の前を通り過ぎた。

功山寺の仏殿は鎌倉《かまくら》期の建立で国宝に指定されている。その右手に本殿があって、七卿――正確にいうと五卿――はその奥まった一室に潜んでいたという。三人は拝観料を払って、建物の中に入った。中庭に面した小部屋の辺りが、当時の潜伏場所であったということだ。いくつかある部屋の一つで、茶会が開かれていて、ひそやかな女性の声が聞こえてきた。

「七卿は死ぬ」という落書きに釣られて、とにかくここまで来てはみたものの、正直言って、「だからどうなの？」という思いがした。

永野仁一郎が「七卿の最後はどうなったのか」という疑問を妻に語ったのには、どういう意味があったのだろう？

早朝に東京を発《た》つ長い列車の旅で、休みなしに動き回っているだけに、浅見は依江が疲れているのではないかと、それが心配だったが、本人は平気だと言っている。

「少し境内を散策してみたいのですけれど、よろしゅうございましょうかしら？」

依江の発案で、本殿を出て、広い境内をぼんやり歩いた。依江はじっと地面を見つめながら、ゆっくりゆっくり、石ころの数を数えながらのように歩いた。

「七卿の方々は、さぞご苦労なさったのでしょうねえ……」

ふと顔を上げて、浅見に言った。やはりどうしてもそこから抜けられなくなってしまったらしい。

「さあ……」

浅見も弱って、首を傾《かし》げるだけだ。

「僕は七卿落ちのことを、漠然としか知らないのです。七卿といっても、三条実美《さんじようさねとみ》の名前ぐらいしか知りませんし」

「そうですわねえ、わたくしも同じですのよ。そもそも、七卿はここからあと、どうなったのかしら?」

浅見と依江は、期せずして近藤に視線を向けた。

「えっ? いや、だめです、自分かて何も知りませんです……」

近藤は大いに慌てて、それから妙案を思い出したように言った。

「もし詳しく知りたいのでしたら、そこの博物館で調べられたらよろしいのではないでしょうか」

そう言われて気がつくと、目の前に長府博物館というのが建っていた。夕方の閉館時間までは、まだ少し間があった。

さすがに博物館というくらいで、その程度の歴史については、すぐに調べがついた。

世にいう「七卿」とは、三条実美、三条西季知《さんじようにしすえとも》、錦小路頼徳《にしきこうじよりとみ》、東久世道禧《ひがしくぜみちとみ》、四条隆謌《しじようたかうた》、壬生基修《みぶもとなが》、沢宣嘉《さわのぶよし》の七人の公卿《くげ》のことをいうのであった。

文久《ぶんきゆう》三年(一八六三)攘夷《じようい》倒幕を策していた急進派の七卿は、幕府の詮議《せんぎ》に追われて長州を頼って京都を脱出する。これが「七卿落ち」である。

長州に下った七卿は最初は三田尻《みたじり》(現防府市《ほうふ》)に滞在した。ここで沢宣嘉が但馬生野《たじまいくの》へ走って挙兵し、残った六卿は元治《げんじ》元年(一八六四)に下関に入った。

まもなく錦小路頼徳が他界して残るは五卿となった。五卿はいったん山口の湯田《ゆだ》に行ったが、そこも安住の地ではなく、追われて長府・功山寺に入った。しかし、功山寺にいたのもわずか二か月。元治二年（一八六五）一月十四日、下関から船で九州へ渡った。
この九州へ逃れるくだりを書いた『尾崎三良自叙略傳』（中公文庫）というのがあった。尾崎は三条実美の側近として七卿西下に随行した人物である。

（前略）――翌十五日正午頃、公等皆騎馬にて湯田を出立、殆《ほとん》ど脱走の如く長府に向ふ。途上奇兵隊其他の諸隊凡《およ》そ八百余人前後を擁し行軍して進む。予等亦《また》徒歩にて従ふ。翌暁午前二時同所出発、途次寒気堪へ難く、且《か》つ脱走人の事なれば糧食の用意もなく、終日食せず、飢寒に堪へず。（後略）

逃避行の悲惨な状況が鮮やかに描かれている。長州藩は反幕の旗を挙げたり、また恭順の意を示したり、それから最後には倒幕の先頭に立ったり――と政策が二転三転した。昨日までの正義が今日からは悪と評価される状況だったわけで、考えてみると、維新の政情の混乱は、日本の敗戦時ときわめてよく似ている。
昭和二十年八月十五日まで、わが日本は万世一系の大君を光とともに仰ぎ奉る神国であり、これに歯向かう敵国は「鬼畜米英」と呼ぶようにすべて悪の象徴であった。学校をはじめとするあらゆる教育の場で、国民はひとしく、そう教えられた。それが嘘《うそ》か本当かを知ろうにも、それ以外の情報は、まったく存在しなかったのだから、頭から信じる以外になかった。

それが一日でいっぺんに引っ繰り返った。いままで悪の象徴だった「鬼畜」がやって来て、神国日本の道路を堂々と行進し、国民に笑顔を振りまき、神国の子供たちはチョコレート欲しさに鬼畜に群がった。

価値判断を食欲の充足能力に委《ゆだ》ねることができるガキどもはいいが、それより上の、多少なりとも教育を受けてしまっていた国民は戸惑った。何が正義で何が悪なのか、分からなくなった。「真理」と称するものを信頼する気にならなくなった。今日の真理は明日の虚偽であるかもしれないのだ。

以来、半世紀近く、日本国は世界でもっとも狡猾《こうかつ》で分かりにくい国民性をもつ国——という評価を得ている。当たり前の話だ。国を挙げての詐欺にひっかかった国民が、そうそう単純でいられるはずがない。

それはともかく、政変の最中、都から落ち延びて来た七卿の不安や、現実に脱落しあるいは死んでいった二卿の悲劇は、こうしてその土地に来てみると、惻々《そくそく》として伝わってくるような気がする。

浅見と二人で、文献に頭を突っ込むようにして調べていた依江が、最後に「ほうっ」と溜《た》め息をついた。

「遠く過ぎてしまいますと、何もかも虚しいことのように思えますわねえ……」

浅見はしかし、依江とはちがって、完全にサジを投げはしなかった。ここに来て資料を調べているうちに、「維新」と「敗戦」のイメージがダブることに思いが向かいつつあった。「七卿」を「七将」あるいは「七士」に置き換えてみることは可能だと思った。

それはもちろん、永野がかつて陸軍大尉として鴨緑江《ヤールーコウ》付近で終戦を迎えたことや、依江の先夫もまた同じような軍人であり、同じ鴨緑江付近から撤退する途中、死んだことからの連想である。

浅見にしてみれば、自分より先に依江のほうがそのことに気づくのではないかと思ったのだが、見るかぎりでは、依江にその様子は窺《うかが》えなかった。

もっとも、連想が走ったとはいっても、依然として「七卿は死ぬ」がどういう意味を持つものなのかは、さっぱり見当がつかないという状況に変わりはない。それが誰の手によって、誰あてに書かれたメッセージなのか、そもそもメッセージであるのか否かも分かっていないのだ。

（もし――）と浅見は仮説をたてた。

（もしあの落書きがメッセージだとして、もしそのメッセージの受け手が永野仁一郎だとしたら——）

もしそうだとしたら、永野仁一郎は「七卿」の一人であることが考えられる。

（飛躍しすぎかな？——）

浅見はすぐに反省してみた。しかし、反省するそばから、永野仁一郎が「七卿」の誰に相当するのか——などと、思案のほうは勝手に展開してゆく。これが浅見のもっとも悪い癖であると同時に、もっとも特徴的な部分でもあった。

5

近藤に懇願されて、下関市内のホテルへ向かう途中、池宮家に立ち寄ることになった。依江も浅見も遠慮したのだが、近藤はそれを上回る執拗《しつよう》さと熱意で誘った。

果奈の実家は瀟洒《しょうしゃ》な洋風建築であった。果奈が自虐的に言った「土建業の親分」の家とは到底、思えない。

果奈の父親・池宮孝雄はシルバーグレイの髪をした、なかなかの紳士ぶりで、果奈の悪評をかなり割り引いても、追いつかないほど魅力的に見える。

「今夜はひとつ、私の馴染《なじ》みの店に案内させていただきます」

池宮は大いに張り切って言った。そんな接待を受けるつもりはなかったので、本来なら遠慮するべきところなのだが、池宮の意気込みを見ると、もはや成り行きに任せるしかない状態であった。

ひとまずホテルに送ってもらって、浅見と依江は、池宮の夜のお迎えが来るまで、それぞれの部屋で寛《くつろ》ぐことにした。

シャワーを浴び、汗になったシャツを着替え、テレビを点《つ》けて、しばらくボーッとしながら、浅見はふとまた連想が浮かんだ。

「七卿」と「七盛塚」の連想である。

人間は洋の東西を問わず、七という数字が好きなのか、古来、いろいろなものに七が使われている。七福神、七変化、なくて七癖、七回忌、ラッキーセブン、七賢人、七珍、七難、七草、七面鳥、初七日、お七夜、七曜、七里《しちり》ヶ浜《はま》、親の七光、七不思議、七曲がり……といった具合だ。

だから「七盛塚」にも深い意味はないのかもしれないが、「七卿は死ぬ」の落書きを見た永野仁一郎が七盛塚のそばで誰かを待っていたという情景は、何やら意味ありげで、看過できない感じがする。

（もし、永野仁一郎が「七卿」の一人だとしたら――）と、また浅見の勝手な空想が始まった。

（もしそうだとしたら、三条実美は誰だったのだろう？――）

永野に三条実美の役割が似つかわしいのかどうか、浅見にはよく分からない。

（それに、業なかばにして死んだ錦小路卿に見合う人物はいたのだろうか？――）

それが永野だとも思えなかった。七卿にはただ一人、途中からとって返して敵に反撃して行った沢という公卿《くげ》もいる。トーチカの落書きの七卿の中にも、沢卿のような勇猛な人物がいたのだろうか？

そんなことを考えていて、浅見はふと、また朝鮮半島で戦死したという、依江の先夫のことを思い出していた。

七卿を七将に置き換えてみると、敗戦当時の朝鮮半島の状況もある程度、想像ができる。もっとも、浅見は戦争の経験もないし、まして鴨緑江はおろか朝鮮半島にだって行ったこともないし、北朝鮮の情報に接したこともまったくない。

昭和二十年夏、優秀なソ連軍の攻撃を受けているさなか、終戦の詔勅が下った。鴨緑江方面での戦闘の指揮を取っていた「七将」は、朝鮮半島を南へ南へと敗走したにちがいない。

その中の一人が友軍を救うために単独で引き返し、戦死――。さらにもう一人が戦病死した。残った「五将」の運命やいかに――。

浅見は自分勝手に思い描いた戦争風景に、血沸き肉躍るような興奮を覚えた。ことに単身引き返して敵に当たった将校の勇気には、感動すら抱いた。こうしてみると、浅見光彦も男の子である。

その勇敢な将校が、依江の先夫・奥平氏だったかもしれないのだ。いや、ぜひともそうあって欲しい――。

そのとき、枕元《まくらもと》の電話がけたたましい音を立てた。

電話は依江からだった。浅見はたったいま、彼女の二人の夫のことを空想していただけに、叱《しか》られるのではないか――と錯覚してドキリとした。

「あの、おやすみになっていらっしゃいますのでしょう？　それなのに、こんなお願いをして、大変申し訳ございませんけれど、いましがた、ちょっと思いついたことがございますの。ご相談申し上げていいものやら、いろいろ考えましたのですけれど、ほかにお話しするお方もいらっしゃいませんし、やはりあなたに聞いていただくしかないのではないかと存じまして、それで、もしおよろしければ、下のロビーにお越しいただけませんでしょうかしら？」

例によって回りくどい言い方だ。

「ええ、いいですよ、じゃあ、これから下りて行きます」

浅見はあっさり言って、すぐに行動を起こした。

ロビーといっても東京のホテルのように快適な環境というわけにはいかない。ロビー脇《わき》の小さな喫茶ルームに入って、テーブルを挟んで向かいあいに坐った。

二人とも紅茶を頼んだ。依江はすぐには口を開かず、しばらく考え込んでいる。躊躇《ちゅうちょ》しているのか、話の筋道をまとめているのか、いずれにしてもまだるっこい。

それでも、紅茶が来て砂糖やらミルクやらを入れ終えるころには踏ん切りがついたらしい。

「とてもおかしなことを申し上げると存じますけれど、どうぞお笑いにならないでお聞きくださいませな」

浅見は背中がムズムズしてきた。

「ええ、笑いませんから、どうぞ」

「さっきの七卿は死ぬという文字のことでございますけれど」

「はい」

「あれは、昔の七卿落ちの七卿のことではなくて、もしかいたしますと、今度の戦争のときの七人の将校さんといいますか、将軍さんといいますか、つまり……」

「分かります、奥さんは鴨緑江付近で戦っていた七人の将校のことをおっしゃりたいのですね？」

「えっ……」

依江はいくぶん窪《くぼ》んだ眼《め》が飛び出るほど驚いた。浅見は追い撃ちをかけるように、つづけて言った。

「そして、そのお一人が奥平さんで、もう一人は永野さんだったのではないかと、そうお考えなのですね？」

「………」

依江は言葉を失ってしまったらしい。

6

夕食にはまだ早過ぎるかな——と思える時刻に、近藤がホテルに現れた。

「お迎えに参りました」

近藤は下士官のように、三十度に上体を傾け、堅苦しく挨拶《あいさつ》をした。

車で行くほどの距離でもない、ごく近い割烹《かっぽう》料理の店に連れて行かれた。

池宮孝雄は料理屋の玄関に待機していて、上機嫌で二人を迎えた。

「下関はなんというてもフクです」

依江はむやみに恐縮した。

「わたくしのような者など、ご接待いただくいわれもございませんのに、ほんとうにおそれいります」

「何をおっしゃいますやら。浅見先生のお母さんのご親友だそうで、これからもどうぞよろしゅうお頼み申します。娘は東京に親戚《しんせき》もありませんのでして。心細がっておる、思いますさかい」

池宮のサービスは娘可愛《かわい》さの発露であるらしい。それから料理をつついている二時間ばかりのあいだ、ずっと果奈の話を聞きたがった。

「ところで浅見さん、果奈は漫画家としてやってゆけるのでしょうかなあ」

そのことを何度も確かめた。

「大丈夫ですとも、果奈さんの才能は、僕の友人の藤田という編集長が高く評価していました。早速、長編漫画を一本、注文したようですよ。まもなく果奈さんの漫画は雑誌を飾ることになります」

「へえーっ、果奈の漫画が雑誌に載りますかいな。ほんまですかいな、ははは……」

池宮は大いに笑っていたが、ふいに浅見に訊《き》いた。

「ところで、その漫画の筋ですけど、どういった内容のものですかいな？」

「えっ……」

浅見はとっさに、どう答えていいものか判断がつかなかった。いいかげんなことを言っても、雑誌が出版されればすぐにバレてしまい、以後の浅見の信用は失墜する。

「ははは、漫画ですからね、面白おかしい内容ですよ」

「それはそうですやろな。で、どんなんですか？　まさかポルノみたいなもんとちがいますやろな」

少し怖い顔になって言った。浅見が妙に言い淀《よど》んで誤魔化《ごまか》そうとしているのを、怪しんだのかもしれない。

「ヘッポコ探偵なんかが出てくるようですよ。さしずめ、僕なんかをモデルにしているのでしょうか。それと、あとは頼もしいようなオッチョコチョイのような用心棒とか」

「ああ、それやったら、うちの近藤とちがいますか」

「なるほど、そうなのでしょうね」

まさか、むやみに短刀を出したがる、高山ヤクザ氏だとも言えない。

「それから娘なしでは生きてゆけないような、ヤクザの親分……」

とたんに池宮はなんとも形容のしようがない、情けない顔になった。

「それはわしのことですわ……なんじゃ、それだったら、まるきしモデル漫画じゃないですかいな。まったく果奈のやつ、しょうもないやっちゃなあ。はよ帰ってくりゃええものをですなあ」

「そうそう、果奈さんから、お父さんにお伝えするよう頼まれていることがあるのを忘れていました」

「ほうほう、何ですかいな?」

池宮は身を乗り出した。

「果奈さんはすっかり東京の人間になってしまったので、当分、帰りません――と、そうおっしゃってました」

「そんなあほな、そら困ります。浅見先生、そらひどいではないですか」

「いや、それは僕が言っているのではなく、果奈さんがそうおっしゃっているのですから、勘違いしないでください」

「うーん……」

池宮はついに唸《うな》りだした。それっきり食欲が失《う》せたらしい。食欲ばかりか、話す意欲も喪失したようだ。浅見はこれさいわいとばかりに、料理を口に運んだ。

食欲がないのは依江も同じことなのか、料理はまだまだたっぷりあった。フク刺、フクの空揚げ、フクちり……下関ではふぐはフクというが、何と呼ぼうと味には関係がない。それにしても、浅見はこんなに大量のふぐを食べたのは生まれてはじめて――いや、生涯二度とこんな贅沢《ぜいたく》に遭遇することはないにちがいないと思った。

「そうじゃ！……」

突然、池宮が大きな声を出したので、浅見は折角摑《つか》んだしあわせ――いや、フク刺をテーブルの上にベチャッと落としてしまった。

「浅見先生、いいことを考えつきましたぞ。近藤を東京へやります。そうすれば、果奈もモデルを毎日見ながら漫画を描けるし、いざというときのボディガードにもなるし、万事うまくゆきますわ。どうです、妙案でしょうがねえ。ははは……」

池宮は豪快に笑っているが、浅見はえらいことになった――と思った。近藤と高山ヤクザ氏が激突したら、源平合戦さながら、血で血を洗う騒ぎになりそうだった。

「浅見さん、やっぱり、あれは奥平だったのかもしれませんわねえ……」

ふいに依江が言い出した。ずっと男二人の会話に参加せず、一人で黙って、時折料理を口に運んでいる様子だったが、その間、何かを考えつづけていたらしい。

「と、おっしゃいますと？……」

浅見はとにかく、今度は依江の相手を務めることにした。何しろこっちは十万円也の雇い主だ。フク料理よりは優先的に御用を承らなければならない。

「わたくしは奥平を裏切ることになってしまうのではないかと、そのことは考えないわけではございませんでしたのよ」

浅見は（あれあれ——）と狼狽《ろうばい》した。依江は、さっきホテルで中断した話のつづきを、いきなり再開する気らしい。それにしても、おとなしい依江未亡人が、また何だってそんなややこしい話を、赤の他人の池宮の前でしなければならないのだ？

おまけに、依江は、奥平が永野をはじめとする六人の仲間と一緒に敗走していたのだろう——という仮説を飛び越して、いきなり、その「七将」の一人であった永野と結婚したことへの、癒《いや》しがたい後悔の念を語ろうとしているのだから、浅見はともかく、池宮には何のことやらさっぱりわけが分からないにちがいない。

しかし依江は、そんな浅見の当惑や、びっくりしている池宮の存在にお構いなしに、何かに憑《つ》かれたように、視点を一つところに置いて、喋《しゃべ》った。

「でもね浅見さん、あの混乱の時代に、か弱い女の身に何が出来るとおぼしめす？」

「はあ……」

いきなり「おぼしめす？」と訊《き》かれたって、心の準備も出来ていないのに……それに、第一、そのころは浅見はこの世のどこにも、存在の可能性すらはっきりしなかったではないか。無茶な質問だ。

「嫁《か》しては二夫にまみえずって、娘時代に教育を受けて、わたくしも奥平が亡くなったと聞いたときには、そのつもりでおりましたのよ。それなのに、わたくしは奥平を裏切って、永野と再婚いたしましたの。それから四十何年ものあいだ、それが間違っていたのではないかしらって、考えない日はございませんでしたわ」

「えっ、ほんとうですか？……」

浅見はゾーッとした。

（これだから、女性は恐ろしい――）

第六章　七分の三の謎《なぞ》

1

その若い男はさりげなくやってきて、さりげなく永野家の門に近づいた。表札の番地を確かめるような恰好《かっこう》をしながら、背伸びして門の奥を窺《うかが》っている。絶えず周囲の様子に気を配り、道の向こうから車が来ると、そ知らぬふりを装う。

この界隈《かいわい》はほとんど人通りがない。あるとすれば、酒屋のバイクが通るか、スーパーにでも買い物に出掛けるお手伝いさんが通るくらいなものだ。いまは彼らが通る時間帯をはずれていたから、男は安心して「作業」に勤《いそ》しんでいる。

男は胸のポケットから何やら取り出して、永野家の郵便受に投函《とうかん》した。そして引き上げようと後ろを振り向いたとき、坊主頭の男が行く手を遮った。

「おいっ、何さらしてけつかんねん⁉」

はげしい河内弁《かわち》で怒鳴った。もちろん、われらが用心棒・高山隆伸である。

若い男はギョッとして立ちすくんだ。信じられない――という顔であった。彼にしてみれば、（まさか――）という気持ちだったにちがいない。あれほど前後左右を見て、道路をやって来る人間がいないか気を配っていたのに――である。

いや、誰《だれ》にしたって、高級邸宅街の田園調布で、電柱と生け垣の隙間《すきま》のようなところに、人間が寝そべっているなどという非常識なことは、想像できっこない。

だが、高山の場合、非常識が常識なのだから始末が悪い。その日もちゃんと、池宮果奈のマンションと、永野家とのあいだを行ったり来たり、頼まれもしないパトロールに励んでいて、道路脇《わき》の溝のような隙間で、ちょっとひと休みのつもりが、ぐっすり眠り込んでしまったというわけだ。

若い男は跳びはねるような恰好で、右へダッシュするフェイントをかけて、実際には左へ奔《はし》った。

だが、その前には、衝突するような勢いで高山が立ち塞《ふさ》がった。またしても男の常識は通じなかったことになる。まったく、高山の異常感覚というのか、異常な運動神経というのか、とにかく彼の行動論理は常識の逆に作用するらしい。つまりフェイントと思ったことが逆効果をもたらすというわけだ。

で、出会い頭のように、二人の男は激突した。若い男のスリムなボディに、ずんぐり型の高山がしがみついた。

「待たんかい！」

叫んだ高山の口元に若い男が、空いている右腕でパンチを振り下ろした。高山に左腕ごと抱きつかれた窮屈な姿勢からのパンチだっただけに、それほどの効き目はなかったけれど、高山の口の中が切れて、唇の脇《わき》から血が滲《にじ》み出した。

「あいたた……なんちゅうことをしさらすんねん。もうちょっと静かにせんかい。何もせんさかいにな」

なんだか女を手込めにするような台詞《せりふ》を言って、相手の右腕も抱え込んだ。ものすごい抱擁力であった。

「苦しいっ！……」

若い男は悲鳴を上げた。痩《や》せっぽちで、もともと膂力《りよりよく》に欠ける体質らしい。

「ほれ見てみいな、おとなしくせんさかいに痛い目を見なあかんようになる」

高山はいくぶん腕の力を緩めたが、さっきのパンチのことがあるから、警戒は怠らなかった。

「おたく、何をするんですか」

若い男はようやく体勢を立て直して、高山の理不尽に文句を言った。

「何をするって……呆《あき》れたもんやな、それはこっちの言う台詞やないのんか？　人の顔をどづいてから」

「しかし、それは正当防衛でしょう。いきなり暴力を揮《ふる》ってきたのは、おたくのほうじゃないですか」

「わしは暴力なんぞ使《つこ》うたりしてへんで。ただあんたに抱きついただけやないか。これが暴力やったら、相撲《すもう》取りはみんな暴力しとることになるがな」

妙な論理だが、説得力はあった。

「それじゃ、何の用ですか」

「それもこっちで訊《き》きたいわ。いったい、この家に何の用事があるねん」

「そんなこと、おたくに話す必要はありませんよ」

「それやったら、この家の人に言うてもらおうか」

高山は男を締めつける腕にまた力を込めて、門に近づこうとした。

「やめてくれませんか……」

若い男は悲鳴を上げた。

「分かりましたよ、だったらおたくに話すことにしますよ。だからその腕を緩めてくれませんか」

「よっしゃ、緩めたる」

高山は腕を解いて、その代わり男のズボンのベルトを摑《つか》んだ。男は観念したのか、刑事に連行される犯人のように、おとなしく歩きだした。

永野家からワンブロック行った街角に、南欧風の小ぎれいなスナックがあった。若い男のほうはいいけれど、高山には似つかわしくない店だが、ともかくそこに入った。

高山は逃げられないように、店の奥のテーブルに男を押し込めるようにして坐った。

男はアメリカンコーヒーを、高山はビールを注文した。

「ほなら、聞かせてもらおうやないか」

高山は顎《あご》をしゃくって言ったが、男は黙って考えている。

「ほれ、言うてみいや。さっきの、あの手紙みたいなのは、何が書いてあったんじゃ？」

「それよか、おたく、あの家とどういう関係なんですか？」

「関係？　そんなもん、あらへんがな」

「えっ？　関係がないって……それじゃ何でおれに構うんですか」

「関係がなくたってええやないか。そうやろ、警察かて何も関係がないのに職務質問してくるで。こっちは何も悪いことしてへん言うとるのに、しつこくからんできよる。そのくせ、人を殺して来た言うのに、いっこも真面目《まじめ》に聞こうとせえへんのや」

「えっ、人を殺したって、おたくが人を殺したんですか?」

「そうやがな、短刀でズブッとやった言うとるのに、信用せえへんのや。あいつら、アホとちゃうかな」

高山は憮然《ぶぜん》として、坊主頭を撫《な》でた。

「ふーん、おたく、人殺しなんですか……」

男は感心したように、少し背を反らせて高山を眺めた。

「そうや、わいは人殺しや。なんやったら大きな声で言うてもええで、わしもいつまでも逃げとる気ィはないさかいにな。はよムショに入れてもろて、若いうちにハクをつけとかな、女にももてへん」

「いや、おれはおたくをサしたりする気はありませんよ。おれだって、人殺しかもしれないんだから」

男は不敵な笑みを浮かべた。

「ほんまかいな? ふーん……そういえば、どことのう、度胸が据わっとるように見えへんこともないもんな。それで、誰をやったんや?」

「さあね、そんなことはおたくに関係ないでしょう」

「また関係ないか。関係ないことはない、言うとるやろが」

「そんなこと言ったって、おたくに話してどうなるというものでもないでしょう。自分のことは自分でするっきゃないんだから」

「そういうもんでもないで。世の中、持ちつ持たれつやがな」

「そんなの、甘いですよ。大阪は知らないけど、東京の人間はドライで、他人にはひどく冷たいんだから」

「それは違う！」

高山は右手を上げて、「待った」のようなポーズを取った。

「わいも東京に来るまでは、東京の人間は冷たいやろ思うとったが、そんなことはないいうことがよう分かった。そら、冷たいやつもよおけいおるやろけどな、中には人のええ、親切な人もいてはるもんや。じつを言うとやな、わいがあの邸《やしき》を見張っとったのは、その人への仁義からなんや」

「ふーん、永野家の人がそんなにいい人とは信じられないけどなあ」

「いや、永野家の人とちがうがな。あそこの人間は虫が好かん。まあ、ご主人が殺されたことは、気の毒……」

高山は言いかけて、「ん？……」と、重大なことにようやく気付いた。

「まさかあんた、永野さんを殺したんやないやろな？」

「さあね、どうかなあ……」

男は天井を向いて、「ふふ……」という笑い方をした。

「なんやね、けったくそ悪いやっちゃな。殺したんなら殺した、言うたらええやないか」

「関係ないでしょう、おたくには」

「またそれや……そうや、まだ名前を聞いておらんかったな。あんた名前、何ていうのんや？」

「名前なんかどうでもいいじゃないですか」

「ええことあるかいな。そや、わいは高山いうねん。高山隆伸というケチな男や」

「おれは……有田《ありた》、有田俊文《としふみ》」

若い男は嘘《うそ》を言っている様子はなかった。

「ふーん、ええ名前やないか」

「そうでもないですよ」

「それで、あの手紙みたいのは何やったんかね？」

「何でもないですよ、ただの手紙です」

「手紙やったら、郵便局に出したらええやないか」

「そんなの個人の自由でしょう」

「何て書いたんや?」

「言えませんよ、そんなこと。親書の秘密は憲法で守られているんだから」

「ほんまかいな、憲法かいな」

「そうですよ、憲法ですよ」

さすがの高山も憲法には太刀《たち》打《う》ちできなかった。憲法を恐れないのは、過激派と自民党ぐらいのものだ。

「それじゃ、これでもういいでしょう。帰らせてもらいますよ」

有田俊文はコーヒーに口をつけないまま、椅子《いす》を後ろにずらした。

「まあちょっと待たんかい」

「まだ何かあるんですか?」

「ああ、あるんや、いや、そっちのほうが重大な用事やがな」

「何ですか」

「あんた、このあいだペンダントを無くさなんだか?」

「無くしましたよ……そうか、それじゃやっぱりあのときなのか」

「そうやがな、あのとき、あそこの道路に落ちとったのやがな」

落ちていたというのは嘘《うそ》だ。

「だったらそれ、返してくれませんか。あれはおれにとって、大切なものなんだから」

「そうらしいな、あそこに写っとった写真、あれはあんたの何やね?」

「写真……見たんですか」

「ああ、見た見た、えらいべっぴんさんやないか。あんたのおふくろさんか?」

「違いますよ」

「だったら何やね?」

「関係ないですよ」

「また始まった。何を言うても関係ない関係ない……ほんま、近頃《ちかごろ》の若いのはけったくそ悪いなあ……」

「そうじゃなくて、あの写真はおれには何の関係もない人だって言ってるんですよ」

「ふーん、そうやったのか……そしたら、なんであんなもん持っとったんや?」

「関係ないですよ」

「ん? こんどはどっちの関係ないやね?」

「おたくには何の関係もないということですよ。それより、とにかく、あれは返してくれませんか。返してくれなければ、警察に訴えますからね」

「へえー、おもろいやないの、訴えてもらいまほか。さあ、一一〇番してみいな。ほれ、早うせんかい」

「そんな……」

有田は絶句して高山の顔を見つめていたが、ふいに顔を覆って泣き出した。

2

この奇襲作戦には、高山も参った。生まれてからこのかた、おふくろさんをさんざん泣かせたことはあっても、あまり人を泣かさない主義できた高山である。まして、大の男が悲しい声を上げて泣くのと直面しては、当惑するしかない。

「おいおい、やめんかいな、泣いたらあかんがな……」

高山はオロオロと店の中を見回しながら、懸命に有田を宥《なだ》めた。店には従業員が三名と女性の客が数人いたが、半分はおかしそうに、半分はおっかなびっくり、こっちの様子を窺《うかが》っている。

泣いているのは、見るからに弱そうな痩《や》せた若者である。泣かせているのは――こっちのほうは坊主頭にドスの利いた河内弁。しかも唇の端から血を滲《にじ》ませて——と、どう見たところでそのスジの人間にしか見えない。客観的には、善玉と悪玉があまりにもはっきりしている。

従業員は明らかに一一〇番しようか、迷っている気配であった。

「ねえちゃん、違うで、わいが泣かせたのと違うんや」

高山は慌てて説明した。

「このにいちゃん、おふくろさんのことを思い出して泣いてけつかるのやさかいにな、警察なんぞに電話したらあかんで」

言いながら、ふと思いついた。

「そうや、電話や電話や、ちょっとその電話、貸してんか」

高山は店の電話をふんだくるようにして摑《つか》んで、池宮果奈のマンションに電話した。

果奈が高山の話で事情を理解するまで、かなり手間取った。しかし、例のペンダントの持ち主と聞いて、飛んで来た。

現金なもので、有田は果奈の顔を見るなり、さっきまでの愁嘆場は嘘《うそ》のように、瞳《ひとみ》を輝かせた。

「なあんだ、男の人が泣いているって言うから、急いで飛んで来たのに」

「いや、ほんまでんね。ほんまに泣いてはったんやから、なあ有田はんよ」

「泣いてなんかいませんよ。目にゴミが入っただけじゃないですか」

「それはいいけど、あなたはあのペンダントの持ち主なんですって?」

男は果奈と同じか、少し上か——といった歳恰好《としかっこう》だが、おとなびた顔つきの割に、ひ弱な感じがする。果奈はどちらかというと、顔に似合わずしたたかなところがあるから、ずっと歳下の男の子に話すような口振りになっている。

「そうですよ、あれはおれの物です」

「だけど、どうして……つまり、あなたはどこで、どうやって、あのペンダントを手に入れたんですか?」

「そんなこと……」

「関係ない、言うのやろ。これですねん。さっきからこれで往生してますねん。それでお嬢さんに来てもろうたんです」

「関係ないって、それはおかしいわ。もし関係ないものを持っていたのなら、盗んだことになるし、それで永野さんのところをウロウロしていたら、何かよからぬことを企《たくら》んでいるみたいに思われますよ」

「そうやそうや、やっぱしお嬢さんはええこと言わはる。あんた、有田はん、ちゃんと説明せな、お巡りさんに言いつけまっせ」

「そんな、お巡りが来たら、困るのはおたくのほうじゃないですか。盗みより人殺しのほうが重罪ですよ」

「そんなもん……」

「あ、そうそう、高山さん、すみませんけど浅見さんに電話してみてくれませんか」

果奈は急いで高山を追いやると、有田青年の耳元に口を寄せて、「あの人殺しっていうの、あれ出鱈目《でたらめ》ですよ」と囁《ささや》いた。

「えっ、だけどあのひと……」

「誇大妄想のケがあるんです」

「そうなのか……」

高山に弱味がないと分かって、有田は困った顔になった。果奈はすかさず訊いた。

「有田さんは、あそこの永野さんと知り合いなんですか？」

「いや、知り合いっていうわけじゃないんだけど」

「だったら、どうしてあのペンダントを持っていたんですか？」

「…………」

「やっぱり話したくないわけ」

果奈は煮え切らない男は大嫌いだ。おしりの穴がムズムズ……いや、そういう下品なことは考えないが、それに近い焦燥感に駆られる。

「そうか、分かった」と果奈は多少、はったりをきかせて言った。

「それって、あなたのお父さんからもらったのでしょう?」

「えっ……」

有田は驚いて顔を上げた。

「ほら、やっぱりそうなのね」

「いや、ちょっと違うけど……だけど、それと似たようなことなんですよね。どうして分かったのかな……」

「何なのよ、違うけど似てるって。どういうことなの?　早く言ってくれません?」

果奈はカンシャク玉が破裂しそうだ。

「だから、その、おやじからもらったのじゃないけど、おやじの遺品の中にあったんですよね」

「遺品?……というと、お父さんは亡くなられたわけ?」

「ああ、死んだんですよ四年前」

「そうなの……」

果奈はたちまち悄気《しょげ》てしまった。いつもは威勢がいいのだが、人が死んだ話になると弱い。

「ごめんなさい、知らなかったもんだから、いろいろ言ったりして」

「いや、そんなことといいんだけどさ、だけど、どうしてそういうこと――おやじの物だとか、分かったんですか？」

有田は、ほとんど憧《あこが》れに近い情感を込めた目で、不思議そうに果奈を見つめた。

「あなたのお父さんて、むかし戦争に行ったことがあるでしょう」

果奈はまた当てずっぽうを言った。

もっとも、当てずっぽうといっても、まんざら根拠のないことではない。浅見から、永野未亡人の「数奇な運命」とやらを聞かされているのだ。ペンダントについても、「永野未亡人の前のご主人が戦死されたときに、誰か戦友の手に渡されたのじゃないかと思いますよ」と、浅見は言っていた。

「………」

有田は答えを言わなかったが、彼の驚いた顔は、果奈の指摘が図星だったことを物語っているように思えて、果奈は緊張した。

そのとき、高山が戻ってきた。

「あきまへんわ、浅見さんは留守なのやそうです」

「あら、そうなの……」

果奈は残念そうな顔をしたが、浅見が下関へ行ったことはちゃんと知っている。

「それにしても、浅見はんとこのお手伝いはんは、ほんま感じが悪いなあ。『どこへ行ったか存じません』言うて、ごっつうきつい女《おな》ごや」

高山は不愉快そうに口を尖《とが》らせた。「光彦坊ちゃま」を誘惑する悪いともだちに対して、お手伝いの須美子が神経過敏に反応することを知らないから、よほど腹に据え兼ねたのだろう。

「やっぱり女ごは関西にかぎりまんなあ……」と、高山はしみじみ言った。

「いや、それも西へ行けば行くほどよろしい。というても、関門海峡を渡ってしもうたらあきまへんけどな」

高山は調子のいいことを言って、「へへへ……」と照れ臭そうに笑った。

しかし果奈は笑うどころではない。有田がもうちょっとで、肝心なことを答えようとしていたのだ。

「ねえ、有田さん、どうなんですか、お父さんは戦争に行ったんじゃないですか？」

高山のおベンチャラを無視して、有田に訊《き》いた。

「行ったみたいだけど……」

有田はまた煮え切らない返事をする。

「行ったみたいって、行ったか行かないか分からないんですか？」

果奈は焦《じ》れて、またしてもつい語調が鋭くなる。

「行ったらしいのだけど、はっきり聞いたことがないんですよ」

「へえー……」

果奈は呆《あき》れた。有田の父親もまた、有田と同じように煮え切らない性質だったのだろうか。

「だけど、戦争に行ったか行かなかったかなんて、親子のあいだなら、しぜんに分かりそうなもんじゃないですか」

「だけど、ほんとうに聞いたことはないんだから、仕方ないじゃないですか」

有田は頰《ほお》をふくらました。

「そりゃね、あとでいろいろあって……たとえば、葬式のときに戦友会とかいうところから、弔問客が来たりして、ああ、それじゃ戦争に行ったんだ——って思い当たることがあって、それで分かったけど、それまではぜんぜん知らなかったんですよ」

「ふーん……」

果奈は不思議でならなかった。

「私の祖父だとか、父よりも少し上の年代の人なら、大抵は戦争の経験があって、中には得意そうに話したりする人もいるけど……じゃあ、有田さんのお父さんて、よほど戦争が嫌いだったのね、きっと」

「うん、そうだったみたいですよ。嫌いっていうより、戦争に行ったこと自体が恥ずかしかったんじゃないかな」

有田の父親がそれほどまでに戦争のことを嫌った理由とは、何だったのだろう?——

果奈は少し考え込んでしまった。有田も同じ想《おも》いなのか、冷たくなったコーヒーをようやく口に運んで、黙っている。

「だけど」と、果奈は思い出したように言った。

「有田さんは、永野さんのところに何の用事があったんですか?」

「………」

有田は口をつぐんでいる。

「それですねん、なんぼ訊《き》いても、はっきりしたことを言わんのでっせ」

高山がじれったそうに言った。

「ただ、郵便受に何ぞ入れたのは、わいが見ております」

「あら、郵便受に何か入れたの？」

果奈は有田と高山の双方に訊いた。

「そうですねん、何や知らん、手紙みたいなもんを入れおったのです」

「手紙みたいなもの——って、手紙ではないわけ？」

「手紙だって言ったでしょう」

有田は高山に抗議した。

「いや、あれはただの手紙やないな。わいの目は節穴と違うで」

「まあまあ」と果奈は高山を制した。

「手紙だっていうのなら、それでいいじゃないですか。だけど、手紙なら郵便局に出せばよさそうなものなのに」

「それでんがな、わいもそのことを言うたったのです。なんで自分で届けなあかんのか、聞かせてもらいたいもんやわ」

「そうだわ、私もその理由をぜひ聞かせていただきたいわ」

果奈と高山に詰め寄られて、有田は観念したように、重い口を開いた。

「その理由は……、死んだおやじの遺言みたいなものだったの」

「えっ、お父さんの遺言？」

「まあそうね。おやじが死んだあと、遺品を整理してたら、その『手紙』が出てきて、手紙が入っていた角封筒に『先方に直接届けてくれ』って書いてあったんです」

「そうなんですか……だけど、お父さんが亡くなられたのは、四年前なんでしょう？　それなのに、なぜいまごろになってから、届けたんですか？」

「相手が分からなかったからですよ」

「分からなかった？　どういうこと？」

「宛先《あてさき》に住所がなくて、『永野仁一郎様』とだけしか書いてなかったんです。だから、どこの永野さんなのか分からなくて……そしたら、このあいだ新幹線の中で殺人事件があったでしょう。そして殺された人の名前が永野仁一郎っていうもんで、ひょっとしたら、この人じゃないかって思ったんです。永野仁一郎なんて、そうざらにある名前じゃないですからね。それで、この前、表札を見たり、家の中の様子を見たりしていたら、この人がいきなり襲ってきたもんで、びっくりして逃げ出したんですよね」

「いきなり襲ったりするかい」

高山は口を尖《とが》らせた。

「だけど、びっくりしたのは事実ですよ。だって、おたく、どう見たって……」

ヤクザと言いかけて、有田は後難《こうなん》を恐れるように口を閉ざした。

3

フク料理は驚くべきボリュームであった。もともと五人前ぐらいはあるところにもってきて、健啖《けんたん》ぶりを示しているのは浅見だけで、永野未亡人も池宮もほとんど食が進まないのだから、料理の山がいっこうに減らないわけである。

仲居さんがときどき顔を見せて、「あら、ちぃとも減ってへんのねえ」と不満そうな顔をする。そのつど、浅見は責任を感じて、食欲を揮《ふる》い立たせるのだが、さすがの食いしん坊も、チリ鍋《なべ》のなかばごろには、そろそろ限界に近づいた。

「お雑炊《ぞうすい》も食べてください。これがいちばんおいしいのやから」

仲居さんがハッパをかけて、フク雑炊の支度に取り掛かったとき、おかみさんが「浅見様に東京から電話です」と呼びにきた。

電話は果奈からであった。

「ああ、やっと捕まった。ずいぶん探し回ったんですよ。でも、最終的にはやっぱりそこだと思いました」

果奈はまず第一声で言って、ケラケラ笑った。

「パパのことだから、必ずそこへお連れすると思ったんですよね。ほんとに、なんとかのひとつ覚えなんだから」

「ははは、そんなことを言って……代わりましょうか、そのなんとかさんに」

「やめてくださいよ、そんなこと。それよか浅見さん、いま、永野さんの奥さんも一緒ですか？」

「うん、一緒ですよ、それが何か？」

「ええ、あのね、じつは……」

果奈は早口で、きょうの「出来事」を話した。高山が有田を捕まえて、いろいろ問い質《ただ》したこと。そして、どうやら、亡くなった有田の父親が、永野依江の前の夫・奥平の戦友で、問題のペンダントは奥平が有田の父親に託したのではないか——という推測まで話した。

浅見は依江から聞いて、予備知識があるので、「なるほど、なるほど」と相槌《あいづち》を打って、もっぱら聞き役に徹した。やはり果奈はクリエイティブな才能に恵まれているだけあって、空想力も豊かだと思った。

「それで、ホテルに夕方着くと思って、さっきから何度か電話したんですけど、ずっとお留守だっていうから。それじゃ、たぶんそこだと思って」

「池宮さんのお宅のほうに電話してみればよかったのに」

浅見はおかしそうに言った。

「いやですよ、家に電話なんかして、父に摑《つか》まったりしたら、またお説教ですもの。昨日も、近藤に出迎えを頼んだら、交換条件だって言って、私に下関に帰ってこいって、ものすごくしつこいんですからね」

「そう言ってくれるなんて、ありがたいことじゃないですか。僕なんか、顔を見れば、早く家を出ろですよ」

「だったら、私の代わりにうちに行ってくれませんか？　もっとも、そうなったら、私もすぐに帰っちゃいますけど」

果奈はまた、意味深長なことをズバッと言って、浅見のガラスのような心臓をおびやかした。

「ははは、おかしなことを言うひとだな」

浅見は笑ってごまかして、「それより、その手紙はどうなったのですか？　中身を見たんですか？」

「見てませんよ。だって、手紙はもう、永野さんの家の郵便受に入れちゃったんですからね。いまさら取り返すわけにいかないでしょう」

「それは困りましたね」

「それで、考えたんですけど、永野さんの奥さんに、手紙を返してくれるよう、お宅のほうに電話してもらえないかしら」

「なるほど、分かりました。じゃあ、急がなくちゃ……」

手紙の内容がどんなものかはともかくとして、あの、見るからにイメージの悪い息子《むすこ》なんかには、開封されないほうがいいに決まっている。

浅見はひとまず電話を切って、永野未亡人を呼びに行った。むろん、池宮には果奈からの電話であることは伏せておかなければならない。浅見は有田の名前を使って、あらましを説明した。未亡人は詳しい事情が分からないまま、とりあえず自宅に電話をかけて、手紙のことを確かめた。

電話口にはお手伝いが出て、「旦那《だんな》様宛のお手紙でしたので、奥様宛のほかのお手紙と一緒に、お部屋のほうにお届けしておきました」と言った。

「それじゃ、これから有田さんとおっしゃる男の方が訪ねていらっしゃいますからね、その方にお手紙、お渡しして差し上げてちょうだい、よくって?」

永野未亡人は念を押して言って、これでよろしいのかしら——と浅見を振り返った。

浅見は頷《うなず》いた。本来なら有田よりも、果奈が取りにゆくのがいいのだけれど、もしあの継仁がいると、果奈の顔を知っているから、手紙を渡さないおそれがあった。

（はたして、うまいこと手紙を手に入れることができるか——）

一抹の不安はあった。

しかし、果奈と高山はうまくやってくれたらしい。というより、有田が協力的だったのかもしれない。

とにかく、それからまもなく、果奈から、「手紙を受け取りました」という電話が入った。

「いま、近くのスナックにいるんです。高山さんも有田さんもいますけど。どうしましょうか、この手紙。勝手に開封しちゃ、いけないでしょうねえ？」

果奈は訊《き》いている。

「そうですね」

浅見も思案に余った。宛名がはっきりしないとはいっても、親書は親書である。

浅見はいったん電話を切って、永野未亡人の意向を聞いてみることにした。

永野依江はしばらく考えてから、コックリと頷いた。

「かまいませんわ、開けてご覧になってくださいまし。もともと、有田さんとおっしゃる、その方のお父様がお書きになったものなのでしょうし、永野仁一郎という名前が主人のことであるのかどうか、それもはっきりしないわけですものね。かりに主人宛のものであったとしても、すでに主人は亡くなっておりますし……」

依江は言葉をとぎらせて、しばらく間を置いてから、言った。

「それに、たぶん、そのお手紙は、わたくしや他の家族の者には、まったく関係のないものではない、そんな気がいたしますの」

「ほう……」

浅見は思わず、無遠慮に探るような視線を未亡人に向けてしまった。

「何か、そうおっしゃる理由があるのでしょうか?」

「主人には、わたくしが窺《うかが》い知ることのできない一面がございましたの。と申しますより、わたくしが入り込めない領域というのでしょうかしら」

「つまり、秘密、ですか?」

「そうですわねえ、ただの秘密というのとは、少し違うような気もいたしますけれど」

依江は首をひねったが、ほかにいい表現が思いつかないらしい。

「なんて申しますか、隠しておきたいことは、誰しもございますものね……主人にもそういうことがあったのだと思っております。ことに戦時中のことについては、何も話してくれませんでしたし、過去の一切に触れられるのをいやがりました。それはたぶん、わたくしの前の夫のことがあるからではないかと思っておりましたけれど」

「あのォ……」と、それまで沈黙を守っていた池宮孝雄が、オズオズと声を出した。

「何やら込み入ったお話のようですな。わしは席を外しておりましょうか」

「あ、いえ、とんでもございません」

依江は慌てて言った。

「わたくしばかり、勝手なお話をさせていただきまして、申し訳ありません。どうぞそのままでいらしてくださいませ。それから浅見さん、お手紙のことはよろしいようになさってください」

「分かりました、それじゃ、有田さんに開封してもいいとお伝えします」

浅見はなんだか、忸怩《じくじ》たるものを感じながら電話のある階下に下りて行った。

果奈に聞いた番号をダイヤルすると、スナックの女性が出て、すぐに果奈に代わった。

電話を切らずに、そのまま手紙を開封してもらうことにした。

「じゃあ、封を切りますよ」と、果奈は実況中継のようなことを言った。

「とても古い手紙みたい。封筒が変色しているし、切手なんかは貼《は》ってないですよ。それから、差出人の名前とか、そういうのはぜんぜんなし。ただ、宛名だけ『永野仁一郎様』って書いてあるだけです。いま、開けました」

カサコソと紙を広げるようなノイズが聞こえてきた。

「何かしら、これ？……」

果奈の驚きの声がした。「どないしました？」「なんですか？」と、二人の男の声も少しオフの位置から聞こえてくる。

「もしもし、何があったのですか？　どういう手紙だったの？」

浅見は焦《じ》れて、思わず叫ぶように言ってしまった。

「あ、ごめんなさい。変なものが入っていたものだから……」

「変なもの？　何ですか、それ？　どんなものですか？」

「白い粉です。何かのクスリみたい……」

「クスリ……」

浅見は閃《ひらめ》くものがあった。

「いけない、池宮さん、動かないで、そっとそのクスリをテーブルに置きなさい」

浅見は叱《しか》りつけるような声で言った。果奈は「えっ……」と驚きながら、浅見の指示に従った。

「置きましたけど、何なのですか？　どうしたんですか？」

「もしかすると、それ、毒薬かもしれない」

浅見は声をひそめ、無理やりゆっくりとした口調を作って、言った。

「分かりました、いまテーブルの上に置きました。でも、風が吹いて飛んだりするといけないから、包み直します」

果奈はそう言って、受話器をいったん置いた気配があった。しばらく待たせて、また呼びかけてきた。

「もう大丈夫です。でも、これ、どうしたらいいですか？ 警察に届けましょうか？」

とたんに、果奈の背後で「だめだめ、警察になんか届けたりしないでよ」と、有田らしい声がした。その声に応えるように、浅見は言った。

「警察に届けるのは待ってみましょう。毒薬と決まったわけじゃないし。それに、いま届けると、ややこしいことになりそうですからね」

「そうですね、分かりました。あ、それから、封筒の中身ですけど、いまのとはべつに紙切れが入っていて、妙なことが書いてあるんです」

「妙なこと？」

「ええ、たぶん分数だと思うんですけど、算用数字の3の下に横棒が引いてあって、その下に7――つまり七分の三ていう意味じゃないかしら」

「七分の三……それだけですか？ あとは何も書いてないのですか？」

「ええ、何も。これ、どういう意味なのかしらねえ？」

「七人のうちの三人目という意味かもしれませんよ」

「七人の三人目？……何なのですか、それって？」

「さあ、何ですかねえ、七人の軍人のことかもしれません」

「七人の軍人……『七人の侍』っていう映画があったけど、あれ、七人のうちの三人が生き残ったんでしたっけ。それとも、三人が死んだのだったかな？」

「下関には七卿《しちきょう》落ちの功山寺があります」

「あ、そうだわ、そうですよね。それって、何か意味があるんですか？」

「まだ分かりませんが、火の山のトーチカに、『七卿は死ぬ』という落書きがあったのですよ」

「ふーん、七卿は死ぬ――ですか。なんだか気味が悪いわねえ」

電話の向こうで、恐ろしげに肩をすくめている果奈の姿が、見えるような気がした。

4

座敷に戻ったとき、浅見の顔は青ざめていたにちがいない。池宮孝雄がびっくりして、

「どうなされました？　顔色が悪いですが」と訊いた。

「ちょっと酔ったのかもしれません。あまり飲めないほうですから」

「そうでしたか、そりゃ申し訳ない、無理に勧めるんでなかったですなあ」

「いや、フク料理があまり美味《おい》しかったものですから、ついつい度が過ぎたのです。意地汚くてすみません」

依江はそのことよりも、電話の結果が知りたかった様子だ。

「浅見さん、それで、手紙はどうなりましたの？」

遠慮がちに催促した。

「あ、そのことはまたあとでお話しすることにします」

浅見は言って、目顔で（少しややこしい話ですから——）と知らせた。

ちょうどいい潮時であった。池宮はすでに支払いをすませてあると言って、恐縮する二人を近藤の運転する車でホテルまで送ってくれた。

「何から何までお世話になりまして」

ホテルの玄関前で車を見送りながら、永野依江は何度も何度もお辞儀をした。

「ほんとうにいい方ですわねえ。これもあなたのお蔭《かげ》ですわ」

ロビーに入ると、浅見にも礼を言った。

「ほんとうに下関って、気持ちのいい町ですのねえ」

依江は夫の死以来、はじめて身も心ものびやかな時間を過ごしたにちがいない。見るもの聞くもの、すべてが優しく暖かく感じられるのだろう。

「いまだから言いますけど、主人は戦争のころのことは何も話したがらない主義の人でしたけれど、たった一つだけ、例外的に話していたことがありますのよ」

「ほう、何ですか、それは?」

「もしよろしければ、お紅茶でもいただきません?」

依江はロビーにつづく喫茶ルームのほうを覗《のぞ》いて、誘った。むろん、浅見に異存はなかった。それどころか、いよいよ核心に触れるような、「終戦秘話」が聞けるのではないかという期待感がつのった。

しかし、喫茶ルームはラストオーダーだとかで、八階のラウンジへ行くことになった。ホテルはあまり客のないシーズンなのか、ラウンジも閑散としていて、遠くに海峡の見える窓際のいい席が空いていた。

紅茶はあまり上等のものではなかった。東京のホテルでも、ほんとうにおいしい紅茶を飲ませるところは滅多にない。

それでも依江はよほど紅茶に飢えていたのか、「おいしいこと……」と、満足そうに目を細めている。

浅見は彼女の気持ちが、話すことに傾いてくれるのを、辛抱強く待った。

「主人にとって、そのころの思い出はひどいものばかりだったのでしょうね。でも、その中で、下関のことだけは、時折、ふっと懐かしそうに話したりしましたの」

依江は自分も懐かしそうな表情を浮かべて、言った。

「主人は鴨緑江の近くで終戦を迎え、いのちからがら朝鮮半島を南下して、やっとの思いで祖国に辿《たど》り着いたのですけれど、その第一歩が下関でしたのね。終戦直後の下関は、敗戦日本の象徴のように、たいそうな混乱だったのだそうですのよ。祖国に帰り着いた日本人と、祖国へ帰ろうとする朝鮮の人たちとが、狭い下関にあふれ返って、おまけに、関門海峡では日がな一日、ドカンドカン、機雷を爆発させる音が響いているようなありさまだったそうです」

二人の目は、しぜんに海峡の方角へ向けられた。窓の向こうには下関の街明かりと、海峡を航行する船の灯火が寂しげにまたたいている。

「食べるものもろくにないようなときでしたけれど、主人は生きて帰れてよかったって、そう思うだけで充分だったのだそうです。みんなで港から街の中まで、焼け野原を走って行ったものだって――それは懐かしそうに話してくれましたの」

終戦当時といえば、永野もまだ二十歳代の若さである。二十歳を待たずに死んでいった人々も多かった時代だ。生きていることと、死んでしまったこととでは、取り返しようのない天地の差がある。

（生きていてよかった――）と思うことは、生死の境を彷徨《ほうこう》した者だからこそ、実感として言えることにちがいない。

「みんなで……」と、浅見はしかし、べつのことを考えていた。

「そのとき、ご主人は『みんなで走った』っておっしゃったのですか？」

「は？……」

未亡人は怪訝《けげん》そうに浅見を見返した。

「ええ、みんなで走ったって申しましたけれど……」

それが何か？――という目である。

「みんなというのは、どういう人たちだったのでしょうか」

「それはもちろん、ご一緒に帰還された方々だと思いますけど」

「戦友でしょうか？」

「ええ、たぶん……」

「何人の仲間だったのですかねえ？」

「あ、そのこと……」

依江はようやく浅見の言いたいことを理解したように、視線を海峡に向けた。

「七人だったのか、それとも、六人か、五人になってしまっていたのか……」

「はじめは七人だったのに……」

依江は不安そうに言った。

「じつは、さっきの手紙のことですが」と、浅見は依江の不安を助長する結果になるのを覚悟の上で、言った。

「中に紙片が入っていまして、そこには分数の七分の三という数字だけが書かれてあったのだそうです」

「七分の三……」

思ったとおり、永野未亡人は怯《おび》えた表情になった。

「これで、例の落書きに何かの意味があるような気がしてきました」

「そう、でしょうかしら……」

落書きの発見者である依江が、そのことを認めたくない口振りであった。

——七卿は死ぬ——

それが永野の死を予告したものであったとすれば、「七分の三」の意味も同じ根から出たものと考えられる。

七分の三の「三」は単に七人の内の「第三番目」の意味なのか、残っている人数を示す数字なのか、それとも、すでに「終わった」人数を意味しているのか——。

いずれにしても、有田という男の父親が死んだときにはまだほかにも何人か「七卿」の一部は残っていたことになるのだろうか。

そしてその中に、永野仁一郎も含まれていたということなのだろうか。

さらに、まだ、「分子」はあるのか——が気にかかった。

残る分子は「1」か、それとも「2」か。

だとすると、その数字もまた、消える運命にあるのだろうか。

「そうだ……」

浅見はふいに、重要なことに気付いて、自分でも驚くような大声を上げてしまった。依江もびっくりしたけれど、通路のウェイターが何事か——とこっちを窺った。

「奥さん、ご主人の遺品の整理はなさったのですか？」

「いいえ、まだまだですわ。まだそんな気分にはなれませんし、それに、どこから手をつけていいかも分からないようなありさまですもの」

「あ、そうですね、無理もないことです。しかし、なるべく早く、ご主人の身の回りにあった品々だけでも、整理してごらんになったほうがいいと思いますが」

「はあ、そうでしょうけれど……」

「いえ、べつに差し迫って必要なことではないのかもしれませんが、何か思いがけない遺品が出てくるかも知れません。たとえば……」と言いかけて、浅見は唾《つば》を飲み込んだ。

「たとえば、誰かに宛てた手紙のようなものがです」

依江は眉《まゆ》をひそめた。

「それは、永野も男ですし、身辺の整理をする間もなく、ああいう亡くなり方をしたのですから、そういう手紙類の一つや二つ、出てくることぐらいは覚悟しております」

「えっ？　あ、いやそうではなくてですね」

浅見は慌てて手を振った。その歳をして、まだ焼き餅《もち》を妬《や》く若さがあるのか——と、思わず笑いたくなるのを、ようやく我慢して言った。

「そうではなくて、有田さんのお父さんの場合と同じような、奇妙な手紙のことを言ったのです」

「あら……いやだわ、わたくしとしたことが、はしたない……」

依江は赤くなったが、じきにことの重大さに思い当たったのだろう、「ほんと……」と深刻そうな顔に戻った。

第七章　最後に笑った者

1

　ホテルの部屋の窓からは関門海峡がよく見える。真っ黒な水面にチラチラと揺れる船の明かりが旅愁をそそる。息をひそめるようにして、その幻想的な風景を見つめていると、想《おも》いは遠く、源氏と平家が戦った千年のいにしえに遡《さかのぼ》る。

　しかし、感傷的な気分に浸っていたのも束《つか》の間のこと、浅見の思考はすぐに現実の事件に呼び戻された。

　上り新幹線の中で起きた惨劇にたまたま巻き込まれるようにして、深く関《かか》わりあうことになった事件だが、いままでにこれほど掴《つか》みどころのない事件と出会ったことはなかったような気がする。

被害者・永野仁一郎はなぜ殺されなければならなかったのか――。これまでの警察による調べでは、その動機がまったく摑めないでいるらしい。永野には社会的にも家庭的にも、人に恨まれるような背景は何もないというのである。

にもかかわらず、永野は明らかに殺害された。それも衆人環視の新幹線の中でだ。永野は断末魔の瞬間、はっきりと、「あの女にやられた！」と叫んでいる。

その直前、周辺にいた乗客たちの何人かは、永野が隣席の若い女と小声で話しているのを目撃している。車掌の話によると、その客は新下関から乗車しているそうだ。つまり、新下関から京都にいたるまでの長い時間、ずっとその席にいて、永野と言葉を交わしたりビールやジュースを勧めあったりしていたことになる。

年齢は父と娘――というより、祖父と孫娘ほどの違いがある。ずうっと関心をもって見守っていたわけでもなかっただろうから、目撃者の話を丸々信用することはできないとしても、永野とその女性とは、とても殺しあうような雰囲気ではなかったらしい。

京都駅を発車してまもなく、その女は席を立って、後部車両に消えたきり、姿を見せていない。

そして、永野の「あの女……」という叫びを思い合わせると、どうしてもその女が犯人か少なくとも重要参考人の資格を有する人物と目されることは間違いない。

第一の不思議は、その女が進行中の新幹線の中から、忽然《こつぜん》と消えてしまったことである。米原から名古屋までのあいだ、警察は綿密な捜索を行ったにもかかわらず、車内からは、ついにそれらしい若い女性の存在は発見できなかった。

浅見は、米原署の手島警部に対して、「その『女性』は実際には若い男ではなかったのか?」という疑問を呈しておいた。手島は大いに感心していたが、実際にそんなことがあり得るものかどうか、言った当人の浅見が首を傾《かし》げている。

周辺で、何気なく目撃していた一般客ならともかく、永野はその問題の「女性」と、新下関から京都まで同席し、会話を交わしている。もしその「女」が実際は男であったとしたら、永野がまったく「男の変装」であることを見破れなかったというのは、いささか無理なコジツケかもしれない。

そうなると、消えた「女性」こそ、やはり永野が「やられた!」と叫んだ、犯人の「女性」であると断定するほうが正しいと考えるほかはなさそうだ。

そして、とどのつまりは、その女はどこへ消えたのか?——の、最初の謎《なぞ》に逆戻りすることになる。

ご都合主義の推理小説ではあるまいし、新幹線の中からそう簡単に人間一人が消えるはずはない。何かトリックが使われたことは間違いないと思うのだが、浅見の頭には何のアイデアも浮かんでこなかった。

永野が所持していた手紙がまた、およそ不可解であり、気味が悪いものであった。差出人が「耳なし芳一」というのも不気味なら、中身がただの一行、「火の山の上で逢おう」としか書かれていないのも、何やら犯罪組織の符号のような気配があって、いっそう不気味な背景を想像させた。

その不気味さは、有田青年の登場によって、さらにおどろおどろしい雰囲気を加えることになった。

四年前に死んだ有田の父親の「遺品」の中に、永野仁一郎宛《あて》の手紙があり、それにはただ「七分の三」とのみ書かれていたというのだ。しかも、封書の中にはおそらく毒薬と思われる白い粉末も入っていた。

火の山のトーチカの壁には「七卿《しちきょう》は死ぬ」という落書きがあった。ただの無意味な落書きにしては、いささか凝りすぎている。七卿落ちの故事を連想させる文句である。

生前、永野は依江に「七卿は最後はどうなったのかな?」と訊《き》くともなしに訊いていたという。

七卿の一人・三条実美《さねとみ》は維新の大業をなし遂げた明治の元勲として、歴史にその名を刻んでいることは、ほとんど常識であるけれど、ほかの六卿たちはどうなったのか、歴史には割と自信のある浅見ですら、まったく知識がなかった。

天地が引っ繰り返るような大変動のとき、人は運命に身を委《ゆだ》ねて、歴史の荒波に翻弄《ほんろう》される。一将功成って、万骨枯る——というけれど、明治維新の際には、一卿功成って、六卿が枯れたのかもしれない。

それでは、終戦の混乱時、「七卿」たちの運命はどういう結末を見たのだろうか？

最後に笑った「一将」ははたして誰だったのか？

浅見の頭の中では、書物や映画や新聞やテレビ、それに両親をはじめとする戦前生まれの人々の話など、さまざまな情報源から得てきた「日本敗戦史」の知識が、ふつふつと頭をもたげつつあった。

朝鮮半島の付け根のあたりに、ほぼ東西に横たわる鴨緑江《ヤールーコウ》の岸辺から、南へ南へと敗走する日本軍の姿が思い浮かぶ。「軍」といっても、武装を捨て、民間人と入り交じるようにしての逃走だったろう。当時、ソ連軍の進攻から逃れて、韓《かん》民族あげての怨嗟《えんさ》と復讐《ふくしゅう》の中、朝鮮半島を南下した人々の悲劇は筆舌に尽くしがたいものがあったそうだ。

藤原ていは名著『流れる星は生きている』の中で、次のように書いている。

汽車は新幕《しんばく》に到着した。貨車を開けるとそこから横なぐりに雨がさっと吹き込んで来た。貨車からおりるとそとは暗闇《くらやみ》で、自分の子供の顔さえ分からない風雨の中であった。

「これからもっとも危険な場所を夜中歩きます。出来るだけ荷物を軽くして前の人を見失わないように急いで歩くのです。すぐ出発します、すぐ出発しますよ！」

その声は風雨の中に低く恐ろしいひびきを持って伝わって来た。

「列から離れた人はおいて行かれますよ。前の人を見失わないように、落伍《らくご》したらおしまいですよ」

――中略――

誰かが用意の提灯《ちょうちん》に火を点じたらしい。その辺がうす明るくなった。

「火を消せ！」

鋭い声が矢のように飛んで来て、その火を吹き消した。

人間のかたまりは動きだした。私は右手に正彦を抱きかかえ、左手に正広の手を持って、咲子を背にリュックを首にぶら下げて人の群のあとを追った。足もとにはリュックや缶詰がいっぱい捨ててあった。ぴゅっと吹いて来る風雨は痛く頰《ほお》を叩《たた》き、ほつれ髪が眼にはいっていくどか立ち止まらなければならなかった。

町を出て山道にかかった。赤土の泥道である。列は自然と長い線になり私はその末端にいて、うしろを追跡してくるものを感じながら、逃げて行く日本人全体の最も苦しい精神的重荷を一人で背負わなければならないようであった。私はときどき暗闇をふりかえって見た。いつも嵐《あらし》が私を追いかけているだけだった。

「逃げるんだ、逃げるんだ、逃げおくれるとわたしたちは殺される」

『流れる星は生きている』は藤原てい自身の体験を綴《つづ》ったドキュメンタリーである。こうして敗残の長い旅路についた母と三人の子たちは、ほとんど絶望的とも思える場面を何度も切り抜けて三十八度線を突破し、奇蹟《きせき》の生還をする。

浅見はまだ小学生だったころ、この本を母親の雪江から読むように言われた。いや、黙ってスッと差し出されて読んだ記憶がある。

それほど長い作品ではなかったが、読み終えるまで、浅見はいくたび唇を嚙《か》み、いくたび涙を流したかしれない。

『流れる星は生きている』はさらにこう書いている。

わたしたちの前に老人が四名ばかりかたまって歩いて行った。たがいに助けあいながら、かろうじてつえにすがって行く姿は歩いているというより、むしろ前にのめっていくという姿であった。わたしたちが追い抜くと、「生きて行ける人はさきへ行ってください、急いで逃げなさい。老人は捨てて、早く行っておくれ。南無阿弥陀仏、南無阿弥陀仏」といっていた。

この逃避行の中には、もちろん、民間人の男性もいただろうし、あるいはそれに扮《ふん》した脱走兵もいただろう。いずれも朝鮮民衆の憎悪の海を泳ぎ渡るような状況だったにちがいない。

疲れはてた女子供はまだしも、なにがしかの同情を与えられたかもしれないが、元軍人たちはまともに死の恐怖に怯えながら野に伏し山に隠れての逃走だったろう。

そして、そこに、七人の将兵がいた——。

その七人のうちの一人が永野であり、有田であり、依江の先夫・奥平であったのだろうか？——。

敗戦の混乱の中、奥平が朝鮮半島で死んだことは事実である。なぜ、どのような死に方をしたのかは分からないが、奥平に六人の「仲間」がいたとすると、彼らは奥平の死について、彼らにしか分からない事実を知っていたと思われる。

だが、依江は奥平が死んだときの詳しい状況や死因については、誰からも何も聞いていないらしい。終戦直後、政府から送られてきた一片の戦死公報によって、奥平依江は未亡人になってしまったのだ。

もし、永野や有田などが奥平と行動をともにしていた「七卿」たちだったとしたら、彼らが奥平の死について黙して語らない理由には、何が重大な秘密が隠されているのかもしれない。

『流れる星は生きている』の記憶は、浅見の空想の世界を大空のごとく広げていった。暗い海峡を行き交う船舶の灯火は、運命の中を彷徨《さまよ》う星たちの儚《はかな》さを象徴しているかのようだ。七つ星が一つ欠け、二つ欠け……やがてはすべてが光を失ってゆく。いや、すでに最後の星も消えてしまったのだろうか。

「最後の星……」

浅見は声に出して呟《つぶや》いた。

最後の星——最後の、七番目の星——七卿の最後の一人は誰だったのだろう?

愕然《がくぜん》とした。

それとも、もはや、永野が自身の死を報告すべき「七卿」の残りはこの世には存在しないのだろうか?

浅見は永野の遺品の中にあるだろう、封書の正体に思いを馳《は》せた。

2

翌朝、帰路につく前に、永野依江のたっての希望で、もういちど赤間《あかま》神宮を訪ねることになった。

「下関には、まだまだ見ていただきたいところが沢山あるのですが」

案内役の近藤は、しきりに残念がるが、もともと物見遊山の旅ではなかった。

依江は赤間神宮そのものよりも、耳なし芳一の堂と七盛塚《しちもりづか》に興味があったようだ。永野が立っていた耳なし芳一の堂の前に、昨日と同じように佇《たたず》んで、じっと塚に見入っている。

考えてみると、七盛塚といいながら、平家の武将の名を刻んだ墓碑が実際には六基しかないというのも、七卿のうち、六卿だけが下関に辿《たど》り着いたことや、奥平を独り北朝鮮の土に残して、六将士だけが生還したことと奇妙に符合する。

平家滅亡の七盛塚、幕末の七卿、敗戦の七将卒——時空をへだててはいるけれど、この下関が舞台であったことは、何か因縁じみて思える。

七盛塚で依江が何を想《おも》ったのか、何か得るものがあったのか、彼女は何も語らず、浅見もあえて訊《き》こうとはしなかった。

新下関駅には近藤はもちろん、果奈の父親までが見送りに出て、浅見と依江を恐縮させた。

「くどいようですが、適当に帰ってくるように、果奈に伝えてください」

池宮はほんとうにくどくどと愚痴を言って、浅見を困らせた。「分かりました、そうお伝えいたします」とは言ったものの、果奈がおいそれと意志を翻《ひるがえ》すとは思えなかった。

下関から帰って、その足で浅見は永野未亡人を送りながら永野家を訪れた。果奈にも電話して、永野家で落ち合うよう手配した。

二人を乗せたタクシーが永野家に着くとき、果奈がすでに門の前で待っていた。高山も少し離れたところに立っている。

車を下りた依江が、「あの方もご一緒にどうぞ」と言ったので、果奈がそのことを伝えると、高山は首を振って、「滅相《めっそう》もない」などと、時代がかったことを口走り、尻込《しりご》みした。時代おくれのしきたりを後生大事にする、おかしな男だ。

浅見と果奈は応接室に案内された。紅茶とケーキが出て、「ちょっと失礼いたします」と、依江はしばらくどこか奥のほうで捜し物をしていたらしい。久し振りの長旅だったにもかかわらず、旅行の疲れはなさそうだったのだが、ふたたび現れたとき、依江は顔が青ざめていた。

「ございましたわ」

ドアを閉めると、廊下の気配に耳を欹《そばだ》てるような恰好《かっこう》をしてから、依江はテーブルの上に手にした物を静かに置いた。

二通の書簡であった。

「主人が大事にして、わたくしにも触らせませんでした手文庫の中に、この二通の封書だけが入っておりました」

どちらもいくぶん色褪《いろあ》せて、黄色みがかってはいるが、おそらく元は純白だったと思われるごくふつうの封筒であった。

一通のほうには、これまでの場合と同様、宛先《あてさき》にはやはり「永野仁一郎様」とだけ書いてある。

しかし、もう一通の封筒には何も書かれていなかった。

果奈は持ってきた書類袋の中から、有田俊文が永野家のポストに投函《とうかん》した封書を取り出した。

「例の薬はうちに仕舞《しま》ってあります」

浅見にだけ分かるように言って、封書をテーブルの上に、依江が出した封書と並べるように置いた。

三通とも、封筒の種類は酷似していた。多少、色の褪せ具合に差があるものの、それは保管方法の相違によるものと思われる。素人目に見ても、まさに同じものといって間違いはなさそうだ。ただ、宛名が書かれているかいないかの差である。

永野の遺品の中にあった、宛名書のある封筒は、すでに封が切られ、中には一葉の便箋《びんせん》用紙が四つ折りになって入っていた。

それにはただ一行、

——七分の五——

とだけ書かれてあった。

「この手紙は、どうやってご主人の手に入ったのでしょうか?」

浅見は訊《き》いた。

「さあ?……宛名には住所もございませんし、やっぱり、こんどの、有田さんとおっしゃる方がそうなさったように、どなたかが、わたくしの家までお持ちになったのではないでしょうかしら」

「それにしても、どうして永野さんのご主人であることが分かったのでしょう? 有田さんの場合は、たまたま永野さんがああいう事件で亡くなられて、新聞に出たりしましたから、住所を調べる手掛かりになったかもしれませんが」

「それは……きっと電話帳か何かでお調べになったのじゃないかしら」

「なるほど、そうですね、そのほうがふつうですね。しかし、それだったら、なぜ直接、永野さんに会って、ご本人かどうか確かめるとか、そういうことをしなかったのでしょうかねえ？　有田さんの場合と違って、永野さんはちゃんとご存命中のことなのに」

「そうですわねえ、たしかにちょっとおかしいかもしれませんわね」

「訪問客があったとき、最初に玄関に出るのは、お手伝いさんですか？」

「ええ、大抵はそうですわね。たまには嫁が出たり、わたくしが出ることもございますけれど、永野が自分で玄関に出ることはまったくございませんでしたわ」

「それじゃ、そういうお客さんが訪ねてみえたのに、お宅のみなさんが誰もご存じないということは、考えられませんね」

「ええ、よほどのことでもないかぎり、考えられないと思いますわねえ」

浅見は、あらためて封筒をしげしげと眺めた。封筒の中には便箋《びんせん》用紙以外の、たとえば薬物などが入っていたのかどうかは、科学警察研究所の検査でも受けなければ分かりそうもない。

依江が言うように、電話帳で調べたのだとすると、常識的にいって、届け主は同じ東京都内に住む人間と限定されるわけだ。電話で確かめるのもいいだろうし、地方からわざわざ——というのならともかく、東京に住んでいるのなら、ちょっとその気になりさえすれば、田園調布《でんえんちょうふ》まで訪ねてきてもよさそうなものだ。

「もしかすると」と、浅見はふと思いついて言った。

「この封書は届けられたものではないのかもしれませんね」

「は？　どういうことですの？」

依江は怪訝《けげん》そうに浅見の顔を見た。

「つまり、永野さんがご自分で出掛けて行かれた先で、手渡された可能性もあるという意味です。たとえば、お葬式に行った先などでですね」

依江は（はっ——）と思い当たるような顔になった。

「有田さんの場合もそうですが、封書の持主が亡くなられて、遺族の方ははじめて、そういう封書があることに気付くわけですよね。遺品の中にあった、住所のない手紙です。どう処理していいものやらと、遺族が困惑しているところに、永野さんが弔問客として訪れ、名乗るなり、記帳するなりする。そこで（あ、この人だったのか——）と分かって、封書を渡す……どうでしょうか、それらしいことに思い当たりませんか？」

永野未亡人は目を伏せて、しばらく考えに耽《ふけ》った。

「たぶん、その亡くなられた方はご主人と同じ年代の方でしょう。戦争に行った経験のある……」

「ああ……」と、依江はその言葉に触発されたように顔を上げた。

「以前、こんなことがございましたわ。朝、食卓で新聞を読んでおりまして、ふいに主人が箸《はし》をとめて、小さく『あ……』と声を出しましたの。『どうなさったの？』と訊くと、『いや、何でもない』と申しまして、でも、すぐに出掛けるから、黒っぽいスーツを出すようにと……あれはもしかするとお葬式にでも参ったのかもしれません」

「それはいつごろのことですか？」

「さあ、いつでしたかしらねえ……」

依江はまた考え込んでしまった。このくらいの年代になると、記憶力が衰えているのかもしれない。

浅見と果奈は根気よく、依江が思い出してくれるのを待った。

「そうそう、あれは初夏か、残暑のころだと思いますわ。黒っぽいスーツを着るのが、なんだか時季はずれのようで、おやめになったらと申した憶《おぼ》えがございますもの」

「何年前のことでしょうか？　それと、初夏のころでしょうか、残暑のころでしょうか。

せめてどちらかでも分かると、調べやすいのですが」

「そうですわねえ……え？　あら、浅見さんはそれをお調べになるおつもりですの？」

「ええ、調べてみようと思っています」

「まあ、でも、それは大変なことじゃありませんの」

「なに、大したことではありませんよ」

「そうおっしゃるけど……」

依江は感にたえぬように、じっと浅見を見つめ、頭を下げた。

「分かりました、それではわたくしも本気になって、いつのころか、思い出してみましょう」

それからまた依江の沈思黙考が始まった。おっとりした老女が自分の世界に入り込んでしまうと、もう若い者がいらいらしたって、どうにもならない。ただひたすら待つのみである。

「思い出したわ、浅見さん！」

依江はふいに、少女のようにはしゃいだ声で言った。

「あれは一昨年の秋口でした。一昨年は残暑が長くて、九月末になっても少しも秋風が立つ様子がありませんでしたでしょう」

そう言われても、浅見は「はあ」と曖昧《あいまい》に答えるしかなかった。果奈も同様らしい。季節のうつろいに想《おも》いが向かうのには、二人ともまだまだ若すぎるのか、それとも、とっくに、そういう年齢を過ぎてしまったのかもしれない。

「分かりました、じゃあ、その辺を少し調べてみましょう」

「調べるって、浅見さん、どうなさるおつもりですの？」

「ですから、ご主人が弔問に訪ねられたところはどこか、です」

「そんなこと……相手の方をどうやってお探しになるのですか？」

「それはまあ、なんとか探してみるつもりです。それより、もう一つの封筒のほう、開けてみてもいいのでしょうか？」

浅見はテーブルの上にただ一つだけ、封を開かれないままになっている、宛名《あてな》のない封書を指差した。

「ああ、これ……」

依江は封書を拾い上げた。「どうしましょうかしら……」としばらく躊躇《ちゅうちょ》していたが、結局、ほかに道はない――というように言った。

「どうぞ開けてごらんになってください」

「いいえ、それは奥さんの手でお開けになるべきです」

「そうでしょうかしら……」

依江は頷《うなず》いて、いったん引っ込むと鋏《はさみ》を持ってきた。奥で封を切らず、全員の目の前で鋏を使った。なんとなく「隠しだてはしませんよ」という姿勢を顕示するようで、浅見と果奈は顔を見合わせて、苦笑した。

封書の中身を取り出すときには、心なしか依江の指が震えているように見えた。

ただ一枚の便箋に、

——七分の六——

とだけ書かれていた。

「違うのですね……」

浅見は思わず呟《つぶや》いた。

「違うって、何がですの？」

依江はすぐに聞きとがめた。

「いえ、つまり、全部が全部、数字が違うという意味です」

浅見はとっさに言い繕《つくろ》ったが、じつはそうではない。彼は永野が「七分の七」かと想像していたのだ。要するに、「最後に笑う者」は永野仁一郎ではなかったのか、と考えたのである。

「有田さんのお父さんのも、ご主人の遺品の中にあったのもそうですけど」

果奈が気付いて、言った。

「封筒の宛先は『永野仁一郎様』になっていますけど、これには宛先が書いてないんですね」

「そうですね、僕もいま、そう思ったところでした。いったい、ご主人はこの封書に、どういう宛名を書くおつもりだったのだろうってね」

テーブルの上の封書を囲んで、三人は交互に顔を見合わせた。この封書に永野が書くはずだった名前の人物が、「最後に笑う者」だったのかもしれない。

3

永野家を辞去するころには、かなり陽《ひ》も傾いていた。高山はあれからずっと表で立ち番をつづけていたらしい。まるで親分の出所を出迎えるような恰好《かっこう》で、門に近づいて、出てきた二人に頭を下げた。

「どないでした?」

浅見たちが永野家を訪問した、ほんとうの目的が何か、分かっているとは思えないのだが、そう訊《き》いた。

「ええ、どうやら多少の収穫があったみたいですよ」

「ほんまでっか、そらよろしゅうおましたなあ」

それ以上のことは聞かなくてもいいのか、それとも聞いてはいけない領域と思っているのか、いずれにしても、果奈に関すること以外の面では、なんともさっぱりした性格の男ではある。

「ひとつお願いがあるのですが」と浅見は言った。

「高山さんが有田さんを捕えたときのことを、少し詳しく聞かせてもらえませんか」

「詳しゅう言うても、あらかたのところは、お嬢さんも知ってはりまっせ」

「あら、でも私がスナックへ行く前は高山さん一人だったじゃない」

「そらそうですけど、それかて大概、お話ししたとおりやし」

「まあ、それでも何か話していない部分があるかもしれませんからね」

浅見は宥《なだ》めすかすように言った。

「話してないことなんぞないけどなあ……あ、そうや、あのことは言いましたっけ?」

「あのことって？」

「有田が人殺しかもしれへん言うとったことですが」

「ううん、初耳だわ。人殺しっていうの、高山さんのことをそう言ってたじゃない」

「はい、そうですけどな、その前にあの男も『ことによると、自分も人を殺したかもしれん』言うとったのです」

「ほう、それはまた過激なことを言ったものですねえ」

「そうでっしゃろか。けど、わしに言わせれば、あの男が人を殺《や》ったいうのは、どうも信用でけしまへんなあ。有田自身、殺したかもしれへん言うただけで、ほんまに殺したかどうかは分かりまへんで」

　殺人のようなステータスを、あんな若造にものされてたまるか――という、負けん気がみえみえだ。

「で、有田さんは誰を殺したと言っているのですか？」

「それは聞いてまへんのや。カマかけて、永野はんを殺したんやないのか、言うてみたのやけど、さあ、どうかな――とか、とぼけたことを言うてけつかりまんね。いま言うたように、ほんまに殺したかどうかも分からしまへんで」

「いや、もしかするとほんとうに彼が殺したかもしれませんよ」

浅見は深刻そうな顔で言った。

「ほんまでっかいな」

「ええ、彼なら女性に変装しても、けっこうサマになりますからね」

「だけど浅見さん、有田さんが犯人だとしたら、動機は何かあるのですか？」

「少なくとも、有田さんのお父さんが永野さんと、軍隊時代に一緒だったことは考えられます。かりに有田さんのお父さんが、永野さんにひどい目に遭《あ》わされたとか、そういう恨みがあったとしたら……いや、しかし、その恨みを有田さんが復讐《ふくしゅう》するというのは、ちょっと考えすぎでしょうかねえ」

「そうですよ、おかしいですよ。第一、有田さんのお父さんは、軍隊時代のことは話さなかったというのでしょう。そんな事情を知ってるはずはないですよ」

「でしょうね」

浅見も逆らわなかったが、代わりにふと気がついたことを訊《き》いた。

「しかし、ところで有田さんというのは、何をしている人なのですか？　このあいだも昨日も、ウィークデーでしょう。学生でもなさそうだし、ウィークデーの昼間から、こんなところをウロウロできる職業といえば、僕みたいなヤクザな……」

言いかけて、目の前にモロに差し障りのある人物がいることを思い出した。

「あら、私だってヤクザな商売……」

果奈も浅見に乗せられた恰好《かっこう》で言いかけて、慌てて口を押さえた。

「何言うてまんね、わしなんぞ、ヤクザそのものでんがな」

高山が胸を張って言ったから、「あら、ほんとだわ」と果奈が笑い、釣られて浅見も大笑いに笑って、なんとか丸く収まったが、まったく口は禍《わざわい》の門ではある。

三人が笑いながら歩いてゆく横に、黒い車が停《と》まった。ドアが開いて紳士が降り立った。現在の永野家の主《あるじ》・永野継仁《つぐひと》であった。

「先日はどうも……」

浅見は挨拶《あいさつ》したが、永野継仁のほうは軽く会釈《えしゃく》しただけだった。この前、浅見と玄関先で押し問答のようなことをしたときには、かなりオドオドした態度を示したのだが、今日の彼は、運転手の手前もあるのか、いかにも大会社の社長らしく振る舞っている。

「失礼だが」と、永野継仁は重々しい口調を演出して、言った。

「あなたたちは私の家においでになったのでしょうかな?」

「はあ、そうです。奥さん……あなたのお母さんをお訪ねしたところです」

浅見は仕方なく答えた。

「母はまだ旅行から……あ、そうか、ことによると母と同行して下関へ行ったというのは、あなたのことではないのですか?」

「そうです、僕です」

「そうだったのか……」

継仁は唇を噛《か》み締めた。

「母の物好きにも困ったものだが、あなたもいい加減でわれわれの前から消えてもらえませんかね。母をそそのかして何を企《たくら》んでいるのです?」

「べつに何も企んでいません。この前も言ったとおり、僕たちは事件の真相を知りたいだけです。あなたのほうこそ、僕たちが事件を解決しようとしている努力に水を差すような言いがかりはつけないでいただきたいものですね」

「言いがかりですと? 冗談も休み休み言いたまえ。われわれは被害者の家族ですぞ。あんたらのように、興味本位で警察の捜査の邪魔をしようなどというテアイとは違うのだ。あまりしつこいと、警察に通報して、それなりの処置を取ってもらうが、それでもよろしいのかな?」

「ですから、警察をお呼びになりたければ、どうぞと言ったじゃありませんか。それに、僕たちがいつ警察の邪魔をしましたか? それどころか、警察に重大なヒントを与えたのはこの僕なのですからね。何も警察を恐れる理由はないのです」

「ふん、そう言い切るのは、あんたの兄さんが警察庁刑事局長をしているからかね。しかし、それだからって甘く見てもらっちゃ困るよ。私の知り合いには警察庁長官がいるのだからな。いや、法務省にも知人はいるし、代議士なら何人でもともだち付き合いをしているさ」

（まずい――）

永野継仁を甘く見すぎた。さすがに会社を率いて立つ人物だけのことはある。浅見はハンマーで頭を殴られたほどのショックを感じた。

「いや、僕がやっていることは、兄とは何の関わりもないことでして……」

「そんなことを言っても、世の中には通用しないでしょうが。ことに野党の連中は、体制側に何か欠点がないか、鵜《う》の目鷹《たか》の目でいるのですからな」

「…………」

「どうやら分かっていただけたようですな。それでは、今後一切、永野家のことには干渉しないようにしていただきたい。よろしいですな」

言い捨てると、永野継仁は顎《あご》を上げるような会釈をして車に戻った。残り五十メートルばかりだというのに、車を乗り付けないと気がすまないらしい。

「いやなやつ」

果奈が吐き出すように言って、車の後ろを睨《にら》みつけた。

「だけど、浅見さんて、警察庁の偉い人の弟さんなんですか?」

返す刀で言い、不信を浮かべた目が浅見を見つめた。

「はあ、まあ……」

浅見は面目なげに頷《うなず》いた。

「知りまへんでしたなあ」

高山までが仏頂面《ぶっちょうづら》になった。警察とヤクザは天敵同士みたいなものだ。

「浅見さんいうのは、そういう人やったのですか」

「そういう人って……僕はべつに、兄が何であろうと、関係ありませんよ」

「そうかて、現実に警察に協力してはるやないでっか」

「いや、これは協力というより、僕が勝手にやっているのであって、兄はまったく、あずかり知らないことですから」

「けど、黙ってはったいうのは、つまり、わしらを騙《だま》しとったいうことやないでっか」

「そうですよ、水臭いわ」

果奈も冷たい目をしている。

「騙すなんて……困ったなあ、そういうつもりはまったくないんだけど……」

「そうや！」

高山が突然ひらめいたように叫んだ。

「浅見さんはオトリ捜査しとったのとちがいまっか」

「オトリ捜査？」

「そうでんがな、わしを泳がせとってから、組織の中のことを探ろういう気ィやったのでっしゃろが。いや、そうに決まっとる。それも知らんと、わしもえらいことしてしもうたわ。もう組には戻れんことになってしもうたわ。それどころやない、消されてしまうかもしれんで……そうや、そのへんに殺し屋が来とるんやないかな」

高山は短刀の入ったバッグのファスナーを開けると、体を低く身構えて、前後左右に気を配った。

「殺人犯」の思いこみが、ようやく薄らいできたと思ったら、今度は「さすらいの一匹《いっぴき》狼《おおかみ》」に変身するらしい。

「参ったなあ……」

浅見は溜《た》め息をついた。すっかりその気になっている高山を宥《なだ》めるには、かなりの時間と努力を要する。

「とにかく、あなたたちがどう思われようと、僕は兄と関係なく、この事件と取り組んでいるのですからね。それを信じてくれないのなら仕方がない、僕は一人でやるしかありませんよ」

「だめですよ、そんなの」

果奈は強い口調で言った。

「そんな勝手なことされたら、いま描《か》いているマンガ、めちゃめちゃになっちゃうわ。とにかくこの事件が解決するまでは、このトリオでゆくっきゃないんですからね。これ以上はもう、裏切らないでください」

「ひどいなあ、僕があなたを裏切ったりするはずがないじゃないですか」

「そうじゃなくて、いままでどおり、ちゃんとヘッポコ探偵に徹してくれなきゃ困るって言ってるんです。警察の手先になったりしないでくれませんか。それに、浅見さん、前より少し偉くなったみたいで、ちっともヘッポコじゃなくなってますよ」

「えっ、僕がですか？　まさか……」

「ううん、ほんとにそうなんですから。ちっともヘッポコ探偵らしくなくて、すっごく頭がよさそうに見えたりしちゃってます」

「そんなこと言われたって困りますよ。僕だってそれなりに頭がいいのかもしれないでしょう」

「うそっ」

「うそって……ひどいなあ」

「ははは、ごめんなさい、そういう困った顔を見ると、やっぱり変わってはいないみたいです。きっと、お兄さんが警察の偉い人って聞いたもんだから、なんだか急に遠い存在に感じちゃうのかもしれませんね」

果奈は笑ってみせながら、かすかに寂しそうな横顔になっていた。

4

その日から、浅見は三日間をつぶして、新聞の縮刷版と取り組んだ。一昨年もいまも、永野家が取っているのはA新聞とN新聞だそうだ。

秋口というのだから、おそらく九月だと考えられるのだが、念の為《ため》に十月の分まで範囲を広げて調べることにした。

訃報《ふほう》は毎日のように出ていた。秋口や春先など、季節の変り目には亡くなる人が多いそうだが、そういうものなのだろうか。新聞に訃報が載るくらいだから、それぞれ著名な人ばかりなのだろう。どこそこの会社重役だとか、大学教授、作家、俳優――中にはその妻や母親までも含まれている。

A紙は一般、N紙は経済界の情報を中心とする編集方針なので、取り上げ方にも多少の相違はあるけれど、どちらも平均、四、五名程度の訃報が掲載されていた。

永野の「戦友」と考えられる年代の男性となると、常識的に言って、終戦当時、すでに二十歳を越えていたわけだから、少なくとも六十五、六歳以上に限られる。そうして選び出した五十三人の物故者について、浅見はその経歴を調べてみた。

そのうち軍隊経験者は二十四名、さらに陸軍は十一名であった。

ただし、依江未亡人の話によれば、永野仁一郎は葬儀の日、「黒っぽい服装」ではあっても、ごく軽装で出掛けているので、地方在住者ではなかったと考えていいだろう。そうして絞り込んだ結果、「該当者」は四名になった。

その四名について、浅見は個別に詳細を調べてみた。終戦当時、朝鮮半島にいたかどうか。葬儀の日に永野仁一郎という弔問客があったかどうか……。

実際にはかなり難しい調査だったけれど、なんとか調査を完了した。しかし、その結論はといえば、永野が訪れた先はついに発見できなかったということである。

「だめでした……」

四日目に、浅見は永野家を訪ね、依江にそう報告した。もちろん、うるさ型の継仁がいない留守を狙《ねら》っての訪問であった。

「まあ、それじゃ、ずうっと調べてくださっていたのですか?……」

依江は感動した――というより、憂えるような目で浅見を見つめた。

「浅見さんがそんなにまでなさらなくても、警察がやってくださっているでしょうに」

「はあ、しかし警察は警察で、正攻法で捜査を進めているはずです。警察に言わせれば、僕たち素人がやっていることなど、ひょっとすると、無意味で無駄な努力なのかもしれませんが、それでも気のすむまではやらせてください」

「まあ、お願いしたいのはわたくしのほうではございませんの。でもねえ、そんなふうになさってくださって、もし浅見さんにご迷惑が及ぶようなことにでもなったら、わたくし雪江様に申し訳が立ちませんわ」

「母はずっと奥さんのことを気にかけております。むしろ僕がこうして、お手伝いできるのを喜んでいるはずです」

それは嘘《うそ》でもお世辞でもない。雪江は折にふれて依江のことを気にかけ、次男坊に面倒を見るように言っている。

――依江さんは一途《いちず》なところがある反面、ほんとに繊細な方ですからね、ご主人がああいう亡くなり方をなさって、心身ともにお疲れのはずですよ。それなのに、事件の真相を追いかけていらっしゃる……きっと復讐《ふくしゅう》しなければ気がすまないのね。三つ子のたましい百までって言うけれど、そういう思いつめる性格って、むかしから変わらないのねえ――。

雪江はそう言った。むかし――とは、雪江が女子学園のスター的存在で、依江に「エーデルワイスの君」と慕われたころのことを言っているにちがいない。

――あなたも、探偵の真似《まね》ごとをしたい性分が直らないのなら、こんなふうに折角声をかけていただいたときこそ、しっかりお力になって差し上げなさい――。

そんな具合に浅見の「探偵ごっこ」に、雪江の御墨付《おすみつき》が出るなどというのは、滅多にあることではない。それというのも、雪江なりに依江の一途な性格に、一抹《いちまつ》の不安のようなものを感じるからなのかもしれない。

たしかに、依江には良家の子女として育った、いかにもおっとりした面があるのと同時に、思い込んだらいのちがけ――という、容易なことでは引かない執拗《しつよう》な強さが感じ取れる。

物静かな言動にもかかわらず、愛する夫のいのちを奪った理不尽に対して、容赦しない激しい気迫が、むしろ浅見をタジタジとさせるような場面もあるのだ。

ことによると、息子の継仁が浅見たちの干渉を拒否したいほんとうの理由は、依江のこういう一途な性格に不安を感じているせいかもしれない——と、浅見は思った。

真相を見極めるためとあらば、思いついたとたん、下関へでもどこへでも出掛けて行かなければ気がすまないというのは、家族にしてみれば、少しどころでなく心配なのだろう。

永野家を出て、浅見は果奈のマンションに寄ってみた。

チャイムを鳴らすと、マジックアイを覗《のぞ》く気配があって、すぐに「浅見さん」という叫びと同時にドアが開いた。

「たったいま、高山さんと電話で浅見さんのこと、話していたところなんです」

「えっ、僕のこと？」

「ええ、お宅に電話しようかと思ったら、チャイムが鳴ったんですよね」

「何かあったのですか？」

「まあ、とにかく中へ入ってくださいよ」

「いや、それは……」

「またァ、どうしてそんなこと気にするのかしらねえ。何もしないから……」

つい口走ってしまってから、女が言う台詞《せりふ》ではないことに気付いて、果奈ばかりか、浅見までが赤くなった。

「高山さんが、有田君の正体を突き止めたんですって」

照れ隠しのように、果奈は早口で言いながら、スリッパを揃《そろ》えた。浅見は仕方なく玄関を入り、すぐそこにある可愛らしいダイニングテーブルの椅子に坐った。

「ほう、それで、どうだったのですか?」

「彼は大宮のコンビニエンスストアの息子だそうです」

「大宮?」

「ええ、そうなんですって。それで、高山さんはずっと尾行したのはいいのだけれど、道に迷ってしまって、電話で、どうしたらいいか訊《き》いてきたんです。お巡りさんに訊けばいいのにって言ったら、とんでもないって、怒《ど》鳴《な》られました」

果奈はおかしそうに笑った。

「驚いたなあ、高山さんは有田さんを尾行したのですか……しかし、その前に、高山さんは有田さんとどこで出会ったのかな?」

「そこですよ、すぐそこ。永野さんの家の近くだそうです。それも、永野さんの家から出てきてぼんやり歩いているところを、目撃したんですって。それで、声をかけようとしたけど、あまり深刻そうな顔をしているところを見たもんで、尾行する気になったんだそうですよ。ねえ浅見さん、いったい有田君は、何を企《たくら》んでいるのかしら?」

「企んでいるかどうかは分かりませんよ」

浅見は笑いながら言った。

「あら、そうかしら？　だって、私たちの仲間みたいな顔をしていたくせに、今度は向こうとくっついて……日和見《ひよりみ》もいいところじゃありませんか」

「それは、彼にも彼の考えがあるのかもしれませんよ。それより、本人に事情を聞いてみるほうが早いでしょう。高山さんは何も聞かなかったのかな？」

「あの人はだめですよ。鼻っ柱は強いけど、肝心な話になると、ぜんぜんまとまりが無くなっちゃうんだから。今度は私が選手交代で行ってみます」

「えっ、池宮さんが？　それはよしたほうがいい」

「どうしてですか？　私のほうが高山さんよりはいくらかましだと思うけど」

「それはもちろん、僕だって認めますけどね、何しろ、これは殺人事件なんだから」

「大丈夫ですよ。有田君には虫も殺せませんよ」

「そうかなあ……そうとも思えないけれど……」

浅見は得体《えたい》の知れぬ不安が、身内から湧《わ》いてくるのを感じた。

第八章　流れる星は死んだ

1

高山が有田を尾行したのは昨夜の九時ごろだという。有田は永野家を出ると、田園調《でんえんちょう》布《ふ》の駅までテクテク歩いて、電車を乗り継いで大宮まで行ったのだそうだ。

高山はとにかく、無我夢中であとをつけ、途中の駅で切符を買う際に、何度も見失いそうになりながら、なんとか大宮まで尾行することに成功した。

有田は大宮駅からタクシーに乗った。高山はタクシー乗り場で順番待ちをしている列の後ろのほうにいて、有田が乗った車が出たあと、すぐ続いて来た車に無理やり割り込み乗車をした。

「次のお客が文句を言うたけど、短刀をチラつかせたら、ビビりよってから、どうぞ言うて譲ってくれました」

高山は乱暴なことを言っていた。

そうして、有田がタクシーを下りて、コンビニエンスストアに入るのを見て、高山も車を下り、店の前にしばらく立ち番をしていたが、有田は出てこない。店は十一時で閉店した。どうやらそこが有田の家らしいと判断して、さて——と辺りを見回したとたん、高山は自分が迷子になっていることに気がついたというわけだ。

タクシーは行ってしまったし、道を訊《き》こうにも深夜の住宅街は真っ暗で人っ子一人通らない。思いあまって、公衆電話で果奈に電話してきたのだが、果奈だって大宮なんてさっぱり分からない土地だ。

「お巡さんに訊いたら」と言ったのは、冗談でも何でもなかった。

さすがに高山は、警察官に道を聞くことはしなかったらしい。どうにかこうにか大宮駅まで辿《たど》り着いたときには、東京方面へ行く電車は終わっていた。

結局、ひと晩、大宮駅の待合室で仮眠して夜明けとともに東京に戻って来た。

「有田の家は突き止めたけど、それから先はどないすればええのか、わしには分かりまへんのや。とにかく有田の家までご案内して、あとはお嬢さんにお任せしますさかい、あんじょう頼んます」

果奈に報告に来た高山は、眠そうな顔をして、そう言っていた。

「ひと眠りして、あとで迎えに来ますさかい」と言って、いったん引き揚げたが、もうそろそろ現れるころである。

「しかし、やはり池宮さんが出掛けて行くというのは心配だなあ……」

浅見はしきりに不安がる。

「もしどうしても行くというのなら、僕も一緒に行きますよ。ただし、明日にしてくれませんか。これからインタビューの仕事に行かなければならないもんで」

「大丈夫ですって、高山さんも一緒について行ってくれるのですもの」

果奈は浅見の杞憂《きゆう》が、少し煩わしくさえあった。それに、今回は浅見抜きの独りで動いてみたい気持ちが強い。

果奈にとっては、これは千載一遇のチャンスといってよかった。いま制作中のマンガのヒロインがヘッポコ探偵を出し抜いて、凶悪犯人を捕まえるストーリーを完璧《かんぺき》なものにするためには、なんといっても果奈自身、犯人を追い詰める場面を体験することが必要だったのだ。

「それじゃ、くれぐれも無理をしないようにしてくださいよ」

浅見は年寄りの繰り言のように念を押して帰った。

それとほとんど入れ替わるように、高山がやって来た。「えらいことになりました」となんだかひどく慌てたような様子だ。

「どうしたんですか？」

「殺してまへんのや」

ドアの向こうでいきなり物騒なことを言うので、今度は果奈が慌てた。「ちょっと、中に入りなさいよ」と、はじめて高山をドアの内側に入れた。もっとも、浅見に対するのとは違って、玄関から奥には上げる気はなかった。

「殺してないって、何のことですか？」

「そやから、あれでんがな、下関の駅裏でヤクザ者を殺《や》った言うたでしょうが」

「ああ、そのこと」

「それでんがな。ところが、わいが殺した思うとった男が、死なんでいることが分かったいうのですわ。それでもって、親分がえらい怒ってますねん。わいが、殺してもおらんものを殺した言うて親分を騙《だま》して、金ばっかしもろうて、逃げたのやろ言うて……そないなえげつないこと、ようしますかいな。わいはほんまに殺ったつもりやったのや。けど、考えてみると、ちっとも警察に届けた様子はないし、けったいやなあ、思うとったのです。どうやら、重傷は重傷やったけど、死にはせんかったのですな。それで、いま下関はえらいことになっとりますねん。きょうにも明日にもデイリがあるかもしれん、言うとりました。わいもはよ戻ってから、今度こそ完全に玉を取らな、面子《メンツ》が立たんし、それどころか、親分の命令で、組の者がわいを始末しに来んともかぎらへんのです」

（ほんとかしら？――）と、果奈にしてみれば、およそ遠い世界の話だが、高山が話すと現実味を帯びて聞こえる。

「それでもって、大宮の有田の家にご案内する言うてましたけど、すぐに下関に戻らなあかんようになってしもうたのです。まことに申し訳ないのやけど、堪忍してもらうわけにはいかんでしょうか？」

高山は玄関先で膝《ひざ》を曲げ、仁義を切るような恰好《かっこう》で頭を低く下げた。

「堪忍も何も、私には高山さんを縛る権利なんかありませんよ。どうぞ早く下関に帰ってください」

「ほんまでっか？　ほんまに帰ってもよろしゅうおまんのか？」

「ええ、どうぞどうぞ」

あっさりとそう言われれば言われたで、なんとなく無用の人間のような気になるのだろう、高山は悲しそうな顔をした。

高山が行ってしまうと、果奈はさすがに心細い気分になった。浅見がしきりに言っていた危惧《きぐ》が、杞憂《きゆう》なんかではないようにも思えてきた。

（だけど、真っ昼間の街の中で、何も起こるはずがないわ——）

そう自分に言い聞かせて、果奈は決然としてアパートを出た。

だいたい、ヒロインたる者は独りで活躍してこそ、魅力的なヒロインたりうるのだ。用心棒をお供に連れて歩くヒロインなんて、それこそマンガの世界でしかない。

それに、あの、女みたいにナヨナヨした有田が危険な人間だとは思えない。

ただし、危険ではないけれど、何やら怪しい男であることは確かだ。

永野家に「七分の三」の手紙を届けたことといい、依江未亡人の若き日の写真が入ったロケットを持っていたことといい、「ことによると人を殺したのかもしれない」と言っていたことといい、あげくの果てには永野家から出てきたというのだから、もっと疑惑の目で見ていなければならない存在だったのかもしれない。

書店で地図を買って、駅で交通機関の利用方法を聞きながら、果奈は一路大宮へ向かった。

埼玉県大宮市——もちろん果奈にははじめての土地である。大宮なんていう名前、いかにもいなか臭いと思っていたら、どうしてどうして、大宮は大都市であった。大きな洒落《しゃれ》たビルがいくつも建ち並び、人間の数も交通量も、東京なみに多い。むしろ雑駁《ざっぱく》な感じがするほど、あふれんばかりの活気に満ちた街であった。

しかし、有田の家がやっているコンビニエンスストアは、ずっと郊外のほうの、まだ田園の面影が随所に残っている新興住宅地にあった。たぶん昔ながらの八百屋さんか雑貨屋さんだったのを、今風に建て直したといったところだろう。

店の名前は「S」という、有名なコンビニエンスストアのチェーンの名前だった。果奈が店に入ったとき、お客の数はたったの二人。夕方の買物時刻まではまだ間があるせいだろうけれど、あまり繁盛しているようには見えなかった。

店のレジには有田青年の母親かと思われる年配の女性が、ひとり、つくねんと客の動きを眺めていたが、果奈が入ってくるのを見て、「いらっしゃい」と頭を下げた。

果奈は彼女の前に行くと、小声で「俊文《としふみ》さん、いらっしゃいますか?」と訊《き》いた。

「は?　俊文ですか?」

言葉の様子から、やはり俊文の母親であることは間違いないらしい。

「俊文は出ておりますけど、あの、どちらさまでしょうか?」

「池宮といいます」

「池宮様……どちらの?」

「どちらって……」

果奈は一瞬、戸惑った。「田園調布」と答えるのは、いろいろ差し障りがありそうだ。

「あの、下関ですけど」

「下関……」

とたんに、有田の母親がさっと顔色を変えたように、果奈には思えた。

「すみません、あの、ちょっと、またあとでお話を聞かせてください」

母親は、果奈の背後からこっちにやって来るお客に、救われたように注意を向けて、果奈の前を離れた。

二人のお客が相次いで支払いをすませ、店を出てしまうと、店の中は母親と果奈の二人きりになった。

有田の母親は憂鬱そうに、果奈のところに戻って来た。

「お待たせしました。それで、あの、俊文にどういうご用でしょうか?」

「永野さんのことなのですけど」

「はあ、ナガノさん……」

どうやら母親は「ナガノ」という名前は知っているらしい。もっとも、それがあの田園調布の永野なのか、それともべつに永野という名前の知人がいるのか、ひょっとすると

「長野」なのか、それはまだ分からない。かといって、それを確かめる質問は難しい。

「こちらと永野さんとは、どういうお知り合いなのですか?」

「どういうって……」

母親は探るような目付きになった。最初の「下関」のショックは、すでに影をひそめている。さすがに年の功というべきなのだろう。

「ナガノさんのことは、私もお名前しか存じませんので、もし何でしたら、俊文からお聞きになっていただけないでしょうか」

明らかに、母親はこっちの素性を警戒して、ガードを固めてしまった。

そのとき、また客が店に入ってきた。それを潮時のように、母親は果奈の前を離れた。

2

果奈は店を出た。少し先に食料品店があった。有田のコンビニエンスストアと較《くら》べると、店が古いだけ見すぼらしい。

店には丸顔の愛想のよさそうなおやじさんが一人いて、しきりにリンゴのつや出しをしていた。果奈が入って行くと、威勢のいい声で「いらっしゃい」と言った。

「そのリンゴください」

果奈はおやじの手元を指差して言った。いま磨いたばかりのリンゴが売れたことで、おやじは気をよくしたにちがいない。

「やっぱりあそこの店のリンゴより、こっちのほうが新鮮みたいね」

果奈はお世辞を言った。

「そらそうですよ。うちは市場からいい品しか仕入れませんからねえ」

おやじはますます機嫌がいい。リンゴを三つ袋に入れてもらって、金を払いながら、果奈は調子よく言った。

「あそこの息子さん、近所で評判悪いのだそうですね」

「ああ、トシちゃんのことかね、評判が悪いってこともないけど、あれはちょっと変わっているねえ。子供のころは愛嬌《あいきょう》があって、面白《おもしろ》がっていたけど、あそこまで行っちゃうとねえ」

おやじはニヤニヤ笑った。

「あそこまでっていうと、何なのですか？」

「へへへ、そりゃ、あれだ、こういうのって流行《はや》りなんじゃないのかね」

おやじは右手の甲をほっぺたにつけて、気味の悪いしなをつくってみせた。

「あらっ、ホモなの、あのひと?」

「ああ、そういう店に勤めているっていう噂《うわさ》だけどさ、私はほんとのことは知らないですよ」

おやじは責任逃れのように言って、「毎度ありィ」と店の奥へ引っ込んだ。

「ホモ……」

果奈は呟《つぶや》いて、ずいぶん大胆な言葉を口にしたもんだ——と、思わず赤くなりながらあたりを見回した。

(そうだったのか——)

たしかにそう言われてみると、納得できるような気がする。有田の態度や仕種《しぐさ》はどことなく女性的だった。あのペンダントをぶら下げていたこともそうだけれど……。

そして、すぐに新幹線から消えた女性のことが脳裏に浮かんだ。

しだいに恐ろしい想像が形を現してくる。

果奈はいったん出た店の中に戻った。おやじが様子を窺《うかが》うような恰好《かっこう》で出てくるのと鉢合わせのようになった。

「おじさん、ちょっと訊《き》きますけど」

果奈が声をかけると、おやじはギョッとして「何ですか?」と尻込《しりご》みしかけた。

「有田さんのお父さんは亡くなったんでしたね？」

「ああ、そうですよ、四年前のいま時分だったかな。いいひとだったけどねえ……。有田さんとこが、前の雑貨屋を畳んで、あの店をやるようになったのは、それがきっかけみたいなもんだから。うちとしちゃ迷惑だったけどね、なんだか知らねえが、親会社みたいのが来て、どんどん話を進めちまったみたいだもんなあ」

近所付き合いで仲良くやっていた相手が、いきなり競争相手になったことを、店のおやじはしきりに慨嘆した。

「お父さんて、いくつぐらいで亡くなったんですか？」

果奈はおやじの言葉がとぎれた瞬間、急いで質問した。

「えーと、あれは六十一か二ぐらいじゃなかったかねえ。私と七つ違いだから、そんなもんですよ」

四年前六十一、二歳ぐらいということは、終戦当時は二十歳を少し過ぎたぐらいだ。だとすると、やはり有田の父親が「七分の三」の当人である可能性は充分、ある。

「トシちゃんは親父《おやじ》さんが厄年のときに生まれた一人っ子だもんで、大事に育てすぎたんじゃないのかなあ。それであんな……」

言いかけて、おやじはふいに気がついて、眉《まゆ》をひそめた。

「あんた、トシちゃんのこと聞いて……まさか縁談の調査じゃないんだろうねえ。だったら堪忍してくださいよ、私は悪口を言うつもりはないんだから」

「違いますよ」

果奈は笑った。

「素行調査なんかじゃありません。ただの物好きで訊いているだけなんです」

「ほんとかねえ、だけど、何にしたって、もう訊かないでくださいよ。いや、訊かれたって何も答えないからね」

おやじは少し怖い顔になった。

果奈のほうも、それ以上、おやじに質問するのを諦《あきら》めた。しかしもう一度、有田の店に戻ることにした。

俊文の母親は迷惑そうな顔をしたが、それでもなんとか笑顔をとり繕って、「いらっしゃい」と言った。店はまた、客の姿が途切れていた。

「さっき、お訊きできなかったのですけど」

果奈は遠慮がちに言い出した。

「ペンダントのことなのです」

「ペンダント?……」

「ええ、カメオの古いペンダントで、ロケットの中に女の人の写真が入っている」

「えっ、それ、どうして知っているのですか？」

母親は驚いて、詰問口調になった。

「じつは、俊文さんからお預かりしたのですけど」

「なんですって？　あなたに預けた？」

「ええ、ある事情があって預かりました。でも、なんだか大切な物らしいので、ちょっと気になって……俊文さんは、なんでも、お父さんの形見だっておっしゃっているのですけど。でも、写真がお母さんと違うみたいだし……あれはどういう品なのですか？」

「いいえ」と、母親は首をはげしく横に振った。

「あのペンダントは主人の形見なんかではありませんよ。私のものなのです。しまっておいたのがいつのまにか見えなくなっているので、どこに行ってしまったのかと思っていたところでした。それじゃ、あの子が持ち出していたのですね。なんていうことでしょう、まったく……」

母親は息子に対する怒りを、客にぶつけかねないほど憤激していた。

「あのォ……」と、果奈はおそるおそる言った。

「あのペンダントですけど、どこで手に入れたのですか？」

「どこでって……あれは、私が結婚するずっと前から家にある物ですよ」

母親は妙な言いがかりをつけられるのではないか——という警戒心を示して、言った。

「話せば長いことになりますけど、終戦から間もないころに、ある人からいただいた物なんです」

「終戦？……」

「そうですよ、太平洋戦争で日本が負けたでしょう……もう四十五、六年前のことですわねえ」

少し懐かしそうな顔になった。

「朝鮮から引き揚げて、いろいろあって、この土地に住むようになったころいただいたんです」

「朝鮮……あの、それって……」と、果奈は胸を締めつけられるような緊張を覚えながら訊いた。

「そのペンダント、奥平さんていう人からもらったんじゃありませんか？」

「えっ、どうして……いえ、いただいたのは奥平さんじゃありませんけど……だけどあの、あなた、奥平さんのこと、知っているんですか？」

「じゃあ、やっぱり……」

果奈も有田の母親も、ほとんど幽霊でも見るような目で、たがいを見つめあった。

夕餉《ゆうげ》の支度をする時刻が迫ってきたせいか、ストアに客が入りだした。果奈はいつまでもここに居るわけにはいかなくなった。

果奈はもちろんだが、有田の母親のほうも、何か物問いたげだったが、いったん、引き揚げるほかはない。

「またお邪魔させていただきたいのですけれど」

果奈は言うと、母親はもどかしげに身をよじるようにして、「そのペンダント、いまはお持ちでは？」と訊いた。

「ええ、持ってきていませんけど」

お客がレジにやって来た。

「あの、とにかく、ぜひ今夜にでも、もう一度いらしてください、お願いします」

母親はなかば懇願するように言った。

果奈が店を出たとき、ストアの裏手のほうにある玄関から有田が出てきた。いや、もしこの家から出たのでなければ、有田とは気付かなかったかもしれない。いつもはラフな恰《かっ》好《こう》をしている青年が、頭をギトギトのオールバックにして、明らかに外国ブランドと分かるダブダブのジャケット、パンツを着ている。唇にはかすかに紅をさしていた。

（そうか、彼、お店に出るんだ——）

果奈は気がついた。

果奈も驚いたが、有田は果奈を見てギョッとしたように立ち止まった。それから果奈が逃げるとでも思ったのか、大股《おおまた》に走り寄ってきた。

「あんた、何をしてるんだよ」

嚙《か》みつくように顔を寄せて言った。殺気立った目が恐ろしかった。

「有田さんに会いに来たんです」

「えっ、私に？……」

そういう服装をすると、しぜんにそうなるのか、心なしか、有田の声は女性がかって聞こえる。

「私に何の用事？……ん？　それよか、あんた、どうしてここが分かったのさ」

「住所、調べたんです」

「調べるって、どうやって？」

「警察に教えてもらったんですよ」

果奈は咄嗟《とっさ》に嘘《うそ》をついた。

「警察？……」

警察と言ったとたん、驚いたことに、有田はシュンとなった。何か思い当たることがあるのかもしれない。

「それで、あんた、私に何の用事なのさ」

有田は果奈の腕を摑《つか》んで歩きだしながら、早口で訊いた。できるだけ早く、自宅の近所を離れてしまいたい様子だ。果奈は摑まれた腕よりも、心臓が締めつけられるように息苦しかった。

「有田さんて、永野さんのこと、前から知っていたのじゃない？」

「えっ……」

有田は果奈の腕を摑む手をはずした。

「やっぱりそうだったのねえ」

「知っていたらどうだっていうのさ」

有田は開き直ったように言った。

「永野さんが殺されたとき、有田さん、どこにいたの？」

猛烈な早足で歩きながら、果奈はぶつけるように言った。

「ん？……」と、有田は口ごもった。

「新幹線に乗っていたんじゃないの？」

「新幹線て、まさかおれのこと……冗談言うなよ。おれ、殺《や》ってなんかいねえよ」

夢中になると、有田は完全な男言葉で喋《しゃべ》った。

「おかしな言いがかりつけんじゃねえよ。サツが聞いたらどうなるか分かりゃしねえんだからさ。頼むよ、おれ、何も知らねえよ、ほんとだよ」

片手拝みをしながら言って、急にドスのきいた声で「もし警察に変なこと言ったら、ただじゃおかねえからな」と、血走った目で果奈を睨《にら》んだ。

「言いつけたりしませんよ」

果奈は気圧《けお》されたように答えた。有田の言葉は単なる脅しではなく、本当に殺気のようなものを感じさせた。

3

有田は表通りでタクシーを拾い、果奈を乗せて駅まで行った。別れ際に、「いいか、さっきのこと、忘れるなよ」と、最後にもう一度ドスをきかせて、駅の中に消えた。

果奈は大宮駅前にあるビルの喫茶店に入って、浅見に電話した。浅見は留守だった。

「出掛けております」

女性からの電話に対して愛想の悪い、お手伝いの、いかにも素っ気ない応対で、はっきりしたことは分からないけれど、インタビューの仕事から戻っていないらしかった。二度目の電話でも同じ答えだった。近くでラーメンを食べてから三度目の電話をして、ようやく摑《つか》まった。

浅見のほうも果奈に連絡を取りたかったらしく、挨拶《あいさつ》抜きでいきなり「どうでしたか？」と訊いた。

果奈は有田の母親と近所の店のおやじの話、そして最後に有田本人と会った話をした。浅見は「うん、うん」と相槌《あいづち》を打ちながら聞いていた。

「いろいろなことが見えてきましたね」

果奈の話が終わるのを待って、静かにそう言った。

「でも、まだ何が何だか分からないわ」

「それはそうだけれど、ストーリーの大きな筋は見えてきましたよ」

「そうでしょうか？」

「ははは、マンガ家がそんなことを言ってちゃだめですよ。勝手にでもいいから、筋書を想像してみてください」

「筋書っていっても、登場人物が多過ぎて、整理がつきませんよ」

「じゃあ、登場人物を整理するところから始めてみてください。あとで会いましょう。そうだ、これから僕もそっちへ行くことにします」

果奈は駅前ビルにある喫茶店の名前を教えて、そこで落ち合うことにした。

果奈はふたたび喫茶店に入って、飲みたくもないコーヒーとにらめっこをしながら、ひたすら考えた。

浅見は筋書を考えろって言っていたが、果奈は正直なところ、ストーリーの全体像すら浮かんでこない。

浅見が言ったように、これまでに会ったり、間接的に聞いたりした登場人物をメモ用紙に書き出してみることにした。

永野仁一郎　七十二歳で死亡　永仁産業相談役

　依江　七十一歳　妻

　継仁　四十一歳　永仁産業社長

安原徹男　五十八歳　永仁産業常務

有田俊文　二十四歳

有田の母親　五十四、五歳

有田の父親　六十一、二歳で四年前死亡
奥平　　　　朝鮮半島で死亡
新幹線の中にいた「女」　　有田の女装か？

（これでいったい、どういう筋書が見えるというのかしら？——）

果奈はメモの人名を繰り返し眺めたけれど、結局、何の推理も浮かばなかった。

浅見は思ったより早く到着した。果奈に地理的感覚はないが、浅見の家からだと大宮は上中里《かみなかざと》駅で京浜東北線《けいひんとうほくせん》に乗れば真っ直ぐなのだそうだ。

「あれ？　高山さんは？」

浅見は果奈の周囲を見回して、まずそのことを訊いた。果奈が高山の「一大事」を説明すると、「ははは、そんなことだと思いました」と笑って、急に表情を引き締めて、「それじゃ、あなた一人で？」と言った。

「だめだなあ、危険なことはしないって言ったじゃないですか」

「大丈夫ですよ、まだ明るいうちですもの。それに、こんな街の中で、何もするはずがないでしょう」

「新幹線の衆人環視の中で永野氏が殺されたのは、真っ昼間ですよ」

浅見は怖い顔で言った。

「それはそうだけど……」

果奈は少し悄気《しょげ》て、すぐに反発するように言った。

「だけど、そうやって危険を冒したからこそ、有田君のことやなんか、いろいろ聞けたわけだし、新幹線の殺人事件だって、有田君が犯人らしいって分かったじゃないですか」

「まあ、それはそのとおりですけどね」

浅見は頷《うなず》いたものの、笑顔を見せはしなかった。

「とにかく、これから有田さんのおふくろさんのところへ行きましょう」

浅見は運ばれたコーヒーに口もつけないまま、席を立った。

コンビニエンスストアはまだ皓々《こうこう》と電気をつけて営業中だったが、店に有田の母親の姿はなかった。代わりにおばさんが店番をしている。近所のおばさんのパートといった感じだ。店のお客は一人だけ、それも雑誌のただ読みらしい青年だ。

「奥さんなら、いまお食事中ですよ」

おばさんは教えてくれて、奥へつづくドアに首を突っ込んで、来客を告げた。

有田の母親は口の周りを手拭《てぬぐ》いで拭《ふ》きながら現れて、果奈の顔を見ると「どうぞ、こちらにお入りください」と言った。

果奈のあとから浅見がついて来るのに気付いて、戸惑った表情で果奈を見た。

「あの、こちらさまは？」

「私の友人で、浅見さんです、俊文さんともお知り合いなんです」

「そうですか……」

母親は内心、迷惑だったにちがいない。しかし入るなとも言えないので、黙って背中を向けて店の奥の事務室兼応接室のような部屋に二人を入れた。

浅見はあらためて名乗り、名刺を差し出した。母親は名刺をおし戴《いただ》くようにして、「あの、俊文の母で、稲子《いねこ》といいます」と名乗った。

「お母さんは奥平さんのことをご存じなのだそうですね」

浅見は単刀直入に本題に入った。

「はあ、存じておりますけど……」

「奥平さんとは、奥平少佐のことですね？」

「え、ええ……」

「どういうお知り合いですか？」

「どういうって……」

有田稲子は浅見と果奈を交互に見て、ためらいながら、言った。

「お会いしたことはないのですけれど、ただ、お名前だけは……」

「名前だけ……というと、どなたから奥平さんのお名前をお聞きになったのですか？」

「それは……」

稲子は一語一語を言うたびに、慎重に言葉を選んでいる。

「終戦のときに、朝鮮から引き揚げて来る途中、一緒だった人からです」

「あ、それじゃ、奥さんは朝鮮から引き揚げられたのですか」

「ええ、ずっとソウルで暮らしていましたけど、終戦の年に父親を亡くしまして、母親と二人で、命からがら引き揚げました」

稲子の目は遠い過去を見つめるように、焦点がぼやけたように見えた。それはもしかすると、ふいに湧いてきた涙のせいかもしれない。

浅見はチラッと果奈の顔に視線を走らせた。明らかに、気力が萎えかけている表情だ。

（しっかりしなさい——）と、果奈は浅見に向けてウインクをして見せた。

「一緒だった人——というと、何ていう人ですか？」

浅見が思い直したように訊くと、稲子は困った顔をした。果奈もその人物の名前に興味があったので、浅見と同じように、稲子の表情の動きに注目した。もしかすると「七卿《しちきょう》」のうちの一人かもしれないのだ。

しばらく口ごもってから、稲子は苦笑を浮かべながら、「有田です」と言った。

「えっ？……」

浅見は聞き間違えたか、それとも稲子が質問の意味を取り違えたかと思ったらしい。果奈もそう思った。

「有田ですよ、私の主人です」

稲子ははにかんだように言った。

「えっ……」と、浅見も果奈も口を開けっ放しにして驚いた。

「主人はその当時、二十一歳でした。私とはひと回り違いでしたけど、不思議な縁で結婚することになったのです」

稲子は少し顔を赤らめていた。

「こんなこと言うと変かもしれませんけど、有田はとても正義感の強い人でした。帰還船の中でも一緒だった戦友の方を最後まで励ましていて、戦友が力尽きて亡くなられたときなんか、男泣きに泣いて……」

稲子は当時の情景を思い浮かべるのか、遠くを見つめる目にまた涙が光った。

「そして、下関に着いて、私たち母娘《おやこ》が内地に身寄りのないことを知ると、ついて来るようにって……何とかなるからって……そのときの母のホッとした顔は、いまでもアリアリと思い出すことができますわねえ。それからのことは思い出すだけで泣けてしまいます。昭和二十九年に母が結核で亡くなって、その二年後に私たちは結婚しました」

辛《つら》い思い出に浸る時間が流れた。

「それじゃ、そのとき船で亡くなられた方が奥平さんだったのですか？」

浅見は静かに、稲子を感傷の世界から現実の話題に引き戻す作業に入った。

「いえ、その方は違います。奥平さんというのは、主人の上官だった人だそうです。終戦間際に鴨緑江《ヤールーコウ》付近で負傷して、主人たちの所属していたその部隊の生き残りが前線から撤退してくるとき、置き去りにされかけたのを、主人がおぶって連れてきたのですけど、三十八度線を目前にしながら、亡くなられたのです」

「その奥平さんが、あのペンダントをご主人——有田さんに渡したのですね？」

「えっ、ええ、そうですけど……」

「それじゃ、あのロケットに入っている写真が、奥平夫人であることはご存じなのですね」

「え、ええ、まあ……」

稲子は、過去の世界から急にわれに返ったように、うろたえて、少し背を反らせるような恰好《かっこう》になった。

「だとすると、ちょっと変ですね」

浅見は眉をひそめるようにして、言った。

「変て、何が、ですか?」

「そのペンダントは、いわば奥平さんからの預かり物なのでしょう?　しかも、写真まで入っているというのに、それを有田さん——ご主人が奥平氏の未亡人に届けることをしなかったのは、なぜでしょうか?」

「ああ、そのことですか」と稲子は頷いた。

「それは、有田も届けるつもりでいたのですよ。でも、終戦の混乱で、なかなかご遺族にお届けする機会がなかったのです。私たちも、あっちこっちと流れ歩いて、二年後にここまで辿りついたような状況でしたから。そして、ようやく世の中が落ち着いたころ、有田は奥平さんの奥さんを探しあてたのですけれど、もう返す必要はなくなったと申しまして、私にくれたのです」

「えっ?　返す必要がない——とおっしゃったのですか?」

「ええ、そう申しました」

「それは……そうか、それは奥平未亡人が再婚していたからですね?」

「え、ええ、そうですけど、よくお分かりになりますわねえ」

稲子は浅見の鋭さに驚いた。

「有田はとても機嫌を損ねて帰って来て、そのときは私はまだ子供でしたから、何があったのかは説明してくれませんでしたけど、あとで有田が母親に話しているのを耳にしました」

「その再婚した先ですが、奥さんはご存じなのですか？」

「えっ、再婚した先ですか……」

有田稲子は怯えた顔になった。

「……さあ、存じませんが」

「田園調布の永野さんというお宅ですが、ご存じないですか？」

「いいえ、存じません」

稲子は首を横に振って、言った。

「さっき、そちらのお嬢さんにも申しましたように、お名前だけは聞いておりますけど、それだけのことでして……」

「俊文さんはよく知っているみたいなのですがねえ」

「はあ、そうですか。でしたら、俊文にお聞きになってくださいませんか」

稲子は立ち上がって、店のほうを気にかけているポーズを見せた。

「そろそろ、店に出ないといけないもんで、これで失礼させていただけませんか」

「はあ……」

浅見と果奈も、仕方なく席を立った。

「それで、ペンダントはお返しいただけるのでしょうね？」

有田稲子は訊いた。

「ええ、もちろんです」

果奈は言って、（どうします？——）という目で浅見の顔を見た。

「ペンダントは、ある場所に大切に保管してあります。近いうちにお返しに上がりますので、ご心配なく」

浅見は言って、お辞儀をした。果奈のバッグに入っていることなど、これっぽっちも感じさせずに、堂々と嘘をついている。果奈は少し、浅見という男を見直す気になった。

4

浅見と果奈は、ふたたび駅前のビルの喫茶店に戻った。

「ほんとうに、永野さんのこと、何も知らないのでしょうか？　あのお母さん」

有田の店を出たときから、ずっと考えつづけていたことを、果奈は言った。

「どうかなあ、知らないはずはないと思いますがねえ」

浅見も首をかしげた。

「そうですよね。息子さんの有田君が、永野さんの家まで行っていながら、何も話さないっていうことは、考えられませんよねえ」

「さあ、それはいちがいには言えませんけどね。僕だって、ほとんどのことは母親には内緒ですからね。いや、あなただって、親父さんに何から何まで話すわけじゃないでしょう?」

「それはまあ、そうですけど」

「ははは、そうでしょう。有田さんだって、たぶんそうですよ。ただ、ペンダントを返さなかった理由は、それではっきりしましたね。有田夫人のご主人が、終戦後まもないころ、奥平依江さんを尋ねあてたものの、すでに再婚していたために、ペンダントを返す必要がなくなった——というのは、本当のことだと思います。問題は、そこから先のことですね」

「そこから先って、つまり、再婚した相手が永野仁一郎氏だったということですか?」

「そうですね、その永野氏が、有田氏とそれに奥平氏にとって、どういう関係の人物だったかが問題ですね」

「あっ……」と、果奈は思い当たった。

「それって、もしかすると『七卿』のことなのですか？」

「鋭い！……」

浅見は笑いながら、果奈を褒めた。

「これまでの経緯から推測すると、有田氏と奥平氏が『七卿』のメンバーだったことは、ほぼ間違いないと思っていいでしょう。しかも、どうやらその二人にとって、永野氏は戦友と呼ぶにはふさわしくない人物だったらしい。いや、むしろ不倶戴天の敵のように、憎みてもあまりある相手だったとしか思えません。傷ついた奥平氏と有田氏を置き去りにして、さっさと撤退したほかの仲間に対して、有田氏は相当に憎しみを抱いていた様子ですね。ひょっとすると、単に置き去りにするより、ひどい仕打ちがあったのかもしれない。永野氏はその連中のリーダーだったのでしょう。おまけに、こともあろうに、その憎しみの対象である親玉の永野氏のもとに再婚していった、元奥平夫人に対して、有田氏が猛烈な反感を持ったとしても当然のことです」

「そうですよねえ、もし有田氏が生きていたとしたら、永野さんを殺したのは、間違いなくその有田氏だったはずだわ」

果奈は言ってから、ふいに気がついて、ギョッとした。

「ねえ浅見さん、有田さんが、その怨みを抱いたまま死んでしまったのだとしたら、それを受け継ぐのは誰っていうことになるのかしら？」

「ははは、池宮さんて、顔に似合わず怖いことを考えるひとだなあ……」

「笑いごとじゃありません」

果奈は本気で憤慨した。

「父親が晴らせなかった怨みを、息子さんの有田君が受け継いだとしても、不思議はないんじゃありませんか？」

「つまり、永野さんを殺したのは、有田俊文さんということですか」

「ええ、間違いないと思うわ。だって、あの人、ゲイバーみたいなところに勤めているのだし、女装をするくらい何でもないはずですもの」

「なるほど、それはいいとして、しかし、はたして父親の怨念《おんねん》が殺人の動機になりうると思いますか？」

「そんなこと、分かりっこないじゃないですか」

果奈は唇を尖《とが》らせたが、浅見は首をひねった。

「有田さんに永野さんを殺す動機なんて、僕はないと思います。賭《か》けたっていいな」

「賭けるなんて、不謹慎だわ」

「ははは、それは冗談だけど、僕は違う方向で考えているのです」

「違う方向って？　犯人が誰か、見当はついているんですか？」

「まあ、そういってもいいかもしれない」

「ほんとですか？　ほんとに分かっているんですか？　誰ですか、犯人は？」

果奈は疑わしい目で、言った。

「謎を解く鍵《かぎ》の一つは、永野氏が殺されたときに残した言葉です」

「それって、あれですか？『あの女にやられた』っていう」

「そうです」

「だったら、そのとき隣の席にいた『女』じゃないですか。浅見さんだって、あれは男が女装していたのじゃないかって、そう言っていたでしょう。その女性が有田君である可能性は充分あり得ることですよ。彼、私が『そのとき新幹線に乗っていたのじゃない？』って訊いたとき、すっごく動揺して、『おれ、殺《や》ってねえよ』なんて、慌てふためいて言ったんですから。ふつう、何もしてなければ、何も言いませんよね」

「それはたしかにそのとおりだけど……しかし、いまのところ、どう考えても彼が永野氏を殺すという構図が見えてこないのです。いや、かりに犯人だとしたら、なんだって、わざわざ怪しまれるように、永野家の周りをウロウロしたりするのです？　それも、池宮さんが言ったように、きわめて胡散臭《うさんくさ》い様子を見せつけているのでしょう。ふつうじゃ考えられない、馬鹿《ばか》げた行動としか言いようがありませんよ」

「だったら浅見さん、永野氏が言った『あの女――』っていう、その言葉の意味をどう解釈するつもりですか？　いったい誰のことを言ったというのですか？」

「………」

浅見は黙ってしまった。それは果奈に言い負かされたせいというより、果奈には言えないような何かの秘密を持っている――という印象だった。

果奈も浅見に対抗して、じっと黙りこくっていた。果奈にしてみれば、どう考えても、あのときの有田の動揺ぶりはただごととは思えないのだ。

（浅見さんは見ていないから、分からないのよ――）

いっそ、浅見が口を開くまでだんまりをつづけていようかしら――と思ったのだが、長い沈黙に耐えきれなくなったのは、やはり果奈のほうだった。所詮《しょせん》は女は男よりお喋《しゃべ》りなものなのだ。

「浅見さん、どうなんですか？　誰が犯人だと思っているんですか？」

「その前に」と浅見はようやく物を言った。

「永野氏が毎年のように下関へ行っていたという、そのことをどう解釈するかです」

「そんなこと、何か意味があるんですか?」

「もちろんあるはずですよ。たとえば、殺されたときに持っていた『火の山の上で逢《あ》おう』というメモみたいなもの。永野氏はその約束というのか、呼掛けに呼応するように下関へ行ったと考えられます。たぶん、あの日かその前の日に、火の山に登って、誰かと会うつもりだったか、すでに会ったのでしょう。あなたが見たという、雪の降る赤間神宮で、耳なし芳一のお堂の前に佇《たたず》んでいたのも、きっとそういう指示に従ったまでのことだと思います」

「そういう指示って……じゃあ、永野氏は誰かに命令されて下関へ行ったっていうわけですか?」

「命令か、それとも暗示のようなものか分かりませんが、とにかくそう考えるのが妥当だと思いますね」

「いったい、誰なんですか、永野氏みたいな偉い立場の人に、そんな指示を出せる人物って?」

「それはもちろん、耳なし芳一でしょう」

「耳なし芳一……」

果奈は小泉八雲《こいずみやくも》の『怪談』を読んだときのような、なんともいえない薄気味悪そうな顔で浅見を見つめた。

「僕はね、ふと高山さんが言っていたことを思い出したんですよ」

「？…………」

「高山さんは、耳なし芳一とは何者か——という話が出たとき、耳のない人のことじゃないのか——って、そういうようなことをあっさり言ってのけたんです」

「ああ、そういえば、そんなことがありましたね」

果奈も思い出した。そのときは高山の物を知らないことが、おかしくてならなかったのだった。

「じつに単純なことなのに、僕たちは何かもっと謎めいた意味があるのじゃないか——と考えて、無理に複雑にしていたのかもしれませんね」

浅見はテーブルを立って、「ちょっと待っていてください」と電話をかけに行った。

「やはりそうでしたよ」

戻ってくるときの浅見は模擬テストでいい点を取った少年のように、得意満面といった顔つきであった。

「いま、有田未亡人に電話で聞いたのですが、有田氏は耳が片方、無かったそうです」

「えっ、ほんとに？……」

「ええ、事実なのでしょう。鴨緑江から敗走するとき、近くで炸裂《さくれつ》した砲弾の破片で、スパッと持っていかれた——と、よく話して聞かせたのだそうですよ」

「じゃあ、耳なし芳一は有田氏……ということは、永野氏に、『赤間神宮に行け』とか『火の山の上で逢おう』とか、命令をしていたのは有田氏の幽霊だったっていうことなんですか？」

「あはは、幽霊はよかったですね」

「でも、そうとしか考えられないじゃありませんか」

果奈は本気でそう信じ込みそうな、妖《あや》しい目の色になった。

第九章　悲しい怪談

1

久し振りに米原《まいばら》署の手島《てしま》警部から電話が入った。

「その後、浅見さんのほうには何事もありませんか？」と訊《き》いている。

「その口振りだと、捜査はあまり順調ではなさそうですね」

浅見は気の毒そうに言った。

「ははは、ご推察のとおりです。あれ以後、まったく新しい材料が出てきませんでね、警察としては、主として永仁《えいじん》産業の内部抗争問題が事件の背景にあるものと見て、会社の内外での聞き込みを行っておるのですが、内心では、永野《ながの》会長の死を喜んでおる者がいたとしても、殺害するところまではいきそうにないのです。第一、永野氏は列車の中で『あの女にやられた！』と叫んでおるわけで、やはりその点がですね、どうもいまいち、会社関係の人間による犯行とは結びつきそうもないのです」

「そうですね、たしかに」

浅見もそれには同感だった。

「永野氏が『あの女』と言っている以上、犯人は女性か、それとも、あのとき浅見さんが言われたように、きわめて巧妙に女装した男かのどちらかだと考えるほかはないわけでして。しかし、浅見さん自身としては、女装の件は否定的なのでしょうね」

「いや、必ずしも否定的というわけではありませんよ。たとえば、永野氏が『あの女』と言った対象が、隣席の女性を指したものでなかったとすれば」

「は？　ということは、つまり、犯人は隣の女ではないという意味ですか」

「ええ、そうです」

「それにしたって、隣の女が事件に無関係というわけではないでしょう。とにかく、そいつは列車内から忽然《こつぜん》と消えた……いや、忽然かどうかは分かりませんが、逃げてしまったことはたしかなのですから」

「それはそうですが、いずれにしても、永野氏が、下関《しものせき》から京都まで隣席にいる相手を、いくら女装していたからといって、男であることに気づかないでいたとは考えにくいことはたしかです」

「いや、じつはそのとおりなのですよ、浅見さん」

手島は妙に気張った言い方をした。

「浅見さんが言われたのとはべつの意味でですね、じつは永野氏は隣席の女の素性を知っていたと思われるのです」

「えっ、何ですって？……」

さすがに浅見も驚いて、声が上擦った。

「ど、どうしてそんなことが分かったのですか？」

「ははは、そこが日本警察の優秀なところですよ」

手島は嬉《うれ》しそうに言った。

「あっ、そうか……」

浅見はすぐに気がついた。

「切符ですね？　下関から東京までの切符の入手方法を確かめたのでしょう」

「ほう、さすがに浅見さんですねえ」

今度は手島が驚いた。

「じつはそうなのです。浅見さんには黙っていたが、あの座席の切符は二枚まとめて、東京・渋谷《しぶや》のＪＴＢで売られたものでした。しかも、取りに来たのが永野家のお手伝いの女性であることも分かっているのです」

「そうだったのですか……」

浅見は憮然《ぶぜん》としてしばらく言葉も出なかったが、一応、文句だけは言っておくことにした。

「それじゃ、手島さん、警察は隣席の人物が永野氏の連れであることを知っていて、僕には隠していたわけですか」

「ははは、隠していたわけではないですが、あえてお知らせしなければならないこともないわけでして……まあ、お気を悪くしたのなら申し訳ないですがね。とにかく、少なくとも切符の件に関していえば、二人は知り合いの間柄であったと考えることができます。ただし、切符というのは、しばしばキャンセルされるものでして、二枚一緒に売られたからといって、それだけで必ずしも知り合いであったと決めつけるわけにもいきません。浅見さんに知らせなかったのはそのためでもあるのですよ」

手島の弁解は詭弁《きべん》としか思えなかった。要するに、手島たち警察の連中は、やはり浅見を煙たがっているのだ。

浅見はすっかり白けきった。

場合によったら、有田のことを手島に報告しようと思わないでもなかったのだが、その気持ちも失《う》せてしまった。

「その連れの人物というのは何者だったのかまでは突き止めていないのですか?」

気を取り直して、訊いた。

「いや、残念ながら、そこまでは分かりません。お手伝いに訊いても、永野未亡人に訊いても、ぜんぜん心当たりがないという話でした」

「未亡人にも訊いたのですか?」

「ああ、そうですよ。実際にお手伝いに切符を買いに行くよう頼んだのは、未亡人ですからね。しかし、未亡人のほうも、ただご亭主に切符の代金をお手伝いに渡すように指示されただけなのですよ」

「それで、なぜ二枚なのか、疑問に思わなかったのですかねえ」

「だれか、友だちの分を立て替えておくのかと思ったそうです」

「なるほど……だとすると、永野氏は隣席の人物が男か女かはよく承知していたわけですね。その上で『あの女にやられた』と言ったということは……どういうことになるのでしょうか?」

「常識で判断すると、永野氏は隣席の女にやられた——と言ったのでしょうなあ。つまり犯人はその女というわけです。しかし、あのときの車内での捜索はそれなりに完璧《かんぺき》を期しましたので、逃げ出す方法があったとは考えられません」

「しかし、現実にその女性は消えてしまったのでしょう」

「そう、それで頭が痛いのですよ。推理小説ならどうとでも書けるが、現実の話として、そんなことがあるはずはないのです」

この問題になると、話はいつまで経っても堂々巡りだ。手島はいかにもいまいましそうだ。

「一つだけ、可能性として考えられることはありますが……」

浅見は自信なさそうに、歯切れの悪い口調で言った。

「はあ、どういう可能性です？」

手島も、何も聞かないうちから、すでに疑わしそうである。

「つまり、隣の座席にいたのは、実際に女装した男だったのです」

「ははは、浅見さんも強情ですなあ。どうしてもオカマにしないと気がすまないですか。しかし、それは永野氏が……」

「いや、ちょっと待ってください。僕の話を聞いてくれませんか」

「はあ、どうぞ……」

「こういうことは考えられないでしょうか。つまり、その女装の男性は、永野氏の死とは直接、何の関係もなかったのです。永野氏が叫んだ『あの女』というのは、まったく別の女性だったということです」

「えっ、それじゃ、ほかに真犯人がいるっていうことですか?」

「まあ、結論としていえば、そういうことになりますが」

「だとすると、その女——いや、女装の男はどうなるのです? どこへ消えてしまったのです?」

「それは、ですから、たぶん、男の恰好《かっこう》に戻って、名古屋《なごや》で下りたのでしょう」

「ははは、またそれですか。しかし、なぜそんなことをしたのです? 切符を発売したJTBの記録でも、車掌の記録でも、その女——いや男は、東京までの乗車券を所持していたことは分かっているのですよ。それが名古屋で、しかも変装して下車したというのは、事件に関係がないどころか、明らかに胡散臭《うさんくさ》い——というより、犯人であることを自ら物語っているとしか考えられないのではありませんかなあ」

「ええ、常識的にいえばそうなりますが、ただ一つの例外的なケースはあり得ます」

「ふーん、どういうケースです?」

「犯人か、あるいは被害者・永野氏の依頼によってそういう芝居というか、パフォーマンスを演じたケースです」

「え？　犯人か被害者の依頼ですと？　それはまた、どういうことです？」

「犯人が依頼したケースなら、まず考えられることは、捜査を撹乱《かくらん》するためでしょうね。現場でのあの状況を見るかぎりでは、いかにも隣の席にいた『女性』が犯人であるかのように思えます。その『女性』がいたために、警察がキリキリ舞いしたこともたしかでしょう。警察の捜索に遺漏がなかったことによって、列車内には不審な女性はいないことがたしかめられた。したがってその『女性』はじつは男の変装だったと判断できたわけですが、もし永野氏が、死に際に『あの女に……』と言わなければ、そのまま、その女、または女装の男が犯人であると断定されていたでしょう。いかがですか？」

「そう……でしょうねえ」

　手島は浅見の言ったことに問題点がないかどうか、たしかめるようにして、少し遅れて頷《うなず》いた。

「ところが、実際には永野氏は『あの女』というダイイングメッセージを残してしまった。しかも隣席の女がどうやら女装した男であるらしい――となると、真犯人はほかにいて、しかも女性であることが推理できる。おまけに、その女性は、殺される瞬間に永野氏がすぐに思い当たる人物だ――ということまで明らかになってしまったというわけです」

「うーん、なるほど……」

手島は唸《うな》ったが、そのまま引き下がるのも業腹《ごうはら》だ——と言いたげに、反論した。

「しかし、そういう永野氏に殺意を懐《いだ》いているような女性が現実にいるという情報は、目下のところありませんがね」

「そうなのでしょうね。警察がいまだに容疑者を特定できずにいるくらいですから、そのことはよく分かります」

浅見はいやみを言ってから、

「そこで、もう一つのケース、つまり、被害者自身が隣席の『女性』に依頼した場合はどうなるか……」

「浅見さん、そんなばかげたことはあり得ないのとちがいますか？　いや、オカマと一緒に旅行したからって、べつに珍しくもないかもしれませんがね。そのオカマに女装させたり、また男に変装——というのはおかしいかな——とにかく男の服装に着替えさせたりしたなんてことは、ちょっと考えられないと思いますがなあ」

「ええ、ですから、常識では考えられないと言っているのです。しかし、現実に、隣の女性が消えたのは事実なのですよ。それが説明できてない以上、どんな仮説を立てたって、べつに問題はないと思いますが」

「そりゃねえ、仮説を立てるのは勝手ですがね……しかし、目的は何ですか？　永野氏はなぜそんな面倒でばかげた芝居を、しかもオカマなんかに依頼しなければならなかったのです？」

「そんなことは分かりません。とりあえず仮説だけ立ててみたにすぎません。あとは警察でフォローしてくれるといいのですが」

「えっ？　警察で、ですか？　ははは、まあ、浅見さんがいろいろ考えてくださるのはご自由ですがね、しかし、われわれ警察のほうでは、そういう奇想天外な仮説にしたがって捜査をする気持ちにはなれそうにありませんなあ」

手島は君子危うきに近寄らず――とでも言いたげに、さっさと電話を切ってしまった。

2

案の定――というような警察の対応であった。いや、警察でなくても、それこそ奇想天外すぎて一笑に付したくなるような話であるのかもしれない。

しかし、浅見の気持ちの中では、自分の言ったとおりのことが、現実にあったとしか考えられなくなっていた。

手島からの電話が入るまで、浅見は事件の真相として、次の四つのケースを想定していた。

第一のケース

犯人は永野仁一郎《じんいちろう》の隣に坐っていた女性。ただし、女装した男であると思われる。この場合、永野は「彼女」が男であることを見破れずに、「あの女にやられた」と叫んだことになる。

第二のケース

真犯人はべつにいて、男である場合。女装した男はその人物の指示に従って行動し、犯行後男の恰好《かっこう》に戻って、逃走した。この場合も永野は「彼女」が男であることを見破っていない。

第三のケース

真犯人は女性であり、犯人の依頼で女装した男が犯行後、変装して逃亡した。そこまでは前のケースと同じだが、永野は隣席の女がじつは女装した男であることに気づいていた。にもかかわらず「あの女」と叫んだということは、真犯人が「女」であることも知っていたことを意味する。

第四のケース
真犯人はやはり女性だが、女装した男が隣席にいたのは、あくまでも永野の了解もしくは要請に基づいたものであり、「彼女」は事件発生後、騒ぎに驚いて、変装して逃亡した。

以上のように推理の選択肢を四例、考えていたのだが、手島が言うように、切符が二枚手配されていたとなると、「第四のケース」が、がぜん浮かび上がってくる。

要するに、永野は隣席の「女性」をあらかじめ知っていたというわけだ。

その「女性」が有田俊文《としふみ》であることは、これまでの経緯から見て、まず間違いないことのように思える。

浅見は手島に対して、隣席の「女性」とはべつの女性が真犯人であることを示唆したのだが、その浅見にしたって、もし有田と知り合って、彼の人となりを知らなければ、あの事件現場にいた女（もしくは女装した男）以外の真犯人を想定することは、かなり難しかったにちがいない。

かりに警察が有田の存在を知ったら、間違いなく、有田を逮捕するだろう。ことによると、キリキリ搾り上げ、ゲロさせて、有罪まで持って行ってしまいかねない。実際、状況的には、有田が犯人であると決めつけても、何の不都合もないような心証を受けるはずだ。

しかし、犯人であるにしては、有田のその後の行動は不可解きわまる。被害者の家近くに出没して、郵便受を覗き込んだり、怪しげな封書を投函したり、おまけに、高山に「人を殺したかもしれない」などと、犯行を匂わせるようなことを言ったり、まったく、自分が犯人であることをひけらかしているようなものだ。

もしこういった「怪しい」言動がなければ、浅見はとっくに有田のことを、警察に通報していたことだろう。怪しいがゆえに、浅見は有田を疑う気になれないのだ。「もっとも怪しい人物は犯人ではない」という、推理小説のセオリーに、いささか毒されているのかもしれないが、有田のあのどことなく憎めないワルぶりを見ると、どうしても犯人とは思えなくなる。もっとも、それだからこそ犯人――とする逆転の思考もまた、推理小説的ではあるけれど……。

（結局、行き着くところは有田だな――）

警察に通報しない以上、有田を追及するのは自分の役目だ――と、浅見は決心しないわけにいかなかった。

3

浅見の電話に対して、有田俊文はまるで見ず知らずの人間に対するような、きわめて愛想の悪い応対をした。

「いま忙しいんですよねえ、あんまり会いたくないなあ」

「しかし、もっと忙しくならないようにするためには、僕と付き合っておいたほうがいいと思いますけどね」

浅見は、対照的に陽気な声で言った。

「このまま放っておくと、いろいろ忙しいことになりますよ」

「ん？　それって、どういう意味なのよ？」

「たとえば、新幹線で、永野仁一郎さんの隣の席にいたことなんかが分かると、警察も黙ってはいられないでしょうからね」

「うそ……そんなこと、おれ何も知らないもん。ううん、あんたの言ってること、何の話かさっぱり分からないしィ」

「さあ、そんなおとぼけが通用するとは思えませんけどねえ。警察は新幹線の座席の周辺で、一生懸命、指紋を採取していましたよ」

「そのことだったら問題ないわよ。そんなものを残してくるようなヘマはしない……」

「ははは、ほら、ちゃんと分かっているじゃないですか。いや、しかし証拠なんか、あろうがなかろうが、どうでもいいのです。もうほとんど、何があったのか、分かっていますからね。このままにしておくと、有田さん自身の問題より、有田さんに仕事を依頼した人物に、警察は関心を抱いてしまいますよ」

「…………」

有田は沈黙した。

「有田さんには、永野さんを殺す動機がありませんから、いまのところ警察の捜査の盲点になっていますけどね、その依頼人のことが分かると、がぜん、警察は大喜びをするでしょう」

「分かったわよ、分かりました」

有田は吐き出すように言った。

「浅見さんが何を言いたいのか知らないけど、話を聞くことにしますよ」

その二時間後、浅見と有田は、大宮駅前のビルの、例の喫茶店で落ち合った。

「あんた、いったい何者なんですか？」

有田はテーブルにつくやいなや、上目遣いに浅見の顔を見て、いきなり訊いた。

「僕はただのルポライターですよ」

「嘘ばっかし、警察の回し者じゃないの？」

「ははは、警察の回し者って、何ですかそれ？」

「だってさ、おれなんかのこと追いかけたって、ちっとも面白くもなんともないじゃないですか。金になるとも思えないしさ」

「お金の問題じゃないのです。あ、そうそう、そういえば有田さん、下関行きはいくらで契約したのですか？」

「十万……えっ、何のこと？……」

有田はうろたえて、顔が真っ赤になった。

「ははは、正直なんだなあ、あなたは。だからこそ僕は、有田さんは犯人じゃないと信じることにしたのですよ」

「あたりまえだわよ、おれ、何もしてないって言ったじゃないですか」

「しかし、現実の問題として、有田さんの隣の席で、永野仁一郎さんは殺されたのです。まかり間違えば、あなたは殺人犯として、警察に追及されることになりますよ。あなただけじゃない、あなたにアルバイトを頼んだ依頼人だって、もちろん警察に連行されます」

「…………」

有田はシュンとなって、考え込んだ。

浅見は有田の思案がまとまるまで、しばらく待つことにした。

「どうしたら……ねえ、浅見さん、おれ、どうしたらいいのかしら？」

有田は縋りつくような目になって、言った。高山を相手に、泣き出したそうだから、どこまでが本気で、どこからが演技か分からないが、しぜんに出てしまうらしい女性的なポーズが、この際はきわめて効果的だった。

「いちばん望ましいのは、警察に出頭して、ありのままを打ち明けることですけどね」

「警察？　だめだめ、それはだめだわよ。そんなことしないですむ方法はないかって、訊いているんじゃないですか」

「警察に言えないのなら、僕に言ってくれませんか」

「あんたに？……だけど、あんた、警察に教えちゃうんじゃないの？」

「教えませんよ、誰にも」

「そうは言ってもさあ……」

「信用できないのなら、言わなくてもけっこうですけどね」

浅見はテーブルの上の伝票を取って、立ち上がった。

「あ、待ってよ」

有田はその浅見の手を摑んだ。

「ねえ、ちょっと待ってよ、いま考えているところだからさあ」

「考える必要のないことです。もっとも、あなたが言いたくない心境も理解できますけどね。お母さんのことを告げ口するのは、誰だっていやなものですからね」

「そう、お母さん……えっ？　どうして……浅見さん、どうしてそれを？……」

「ははは、アルバイトの依頼人が有田さんのお母さんであることぐらい、僕だって分かりますよ。ただし、警察はまだぜんぜん気付いていませんけどね」

「ふーん、すっごい！……」

有田はうっとり、見惚《みと》れるような目になった。浅見は背筋がゾクゾクッとした。

「分かったわ、言いますよ。そのかわり、ほんとうに、浅見さんの胸の中にだけしまっておいてくれるのでしょうね？」

「約束します」

浅見は襲いくる悪寒と戦いながら、有田の目を真っ直ぐ見返して、言った。

「浅見さんの言ったとおりですよ」

有田は店の中を見回してから、小声で言った。

「アルバイトの話を持ってきたのは、おれのママなのよね。十万円で下関まで往復してくるだけだっていうのだもの、悪い話じゃないでしょう。新幹線も往復グリーン車だっていうし、アゴアシつきだし、下関にも行ってみたかったたし、文句なく受けたわよ。だけど、いま考えると、ずいぶん変なこともあったのよね。女の恰好で、いつもきちんと手袋をしていること――っていうのはいいんだけど、帰りに、列車が京都を出たら、最初のトンネルを通過したところで席を立って、後ろのほうの自由席に移ること。そのあいだにトイレで男の服装に着替えて、お化粧も落とすこと。そして名古屋駅で途中下車して、次の列車で帰って来いって――ね、変な注文でしょう。だけど、何だかスリルがあって、面白いかなとか思って、引き受けたのよ」

「それじゃ、有田さんは隣の乗客が誰なのか、ぜんぜん知らなかったのですね？」

「もちろんよ。行きはサラリーマン、帰りはおじいさんで、けっこう仲良く喋ったりしたけど、ぜんぜん知らない人よ」

「そのおじいさんが列車内で殺されたニュースを見て、どう思いました？」

「びっくりしたわよ。新幹線の中でも、アナウンスで殺人事件があったみたいなことは聞いたし、おまわりがうろついていたけど、そのときも、ぜんぜん関係ないかと思ってたわ。

家に帰って、テレビのニュースを見てたら、どうやらあのおじいさんらしいって分かって、それに、隣にいた女が怪しいみたいな話になってきたんだもの、何なのこれって、ママに訊いたわよ」

「ほう……それで、お母さんは何ておっしゃったのですか？」

「知らないって。そんなの関係ないって言ったけど、顔色が変わっていたわね。それから、とにかく関わりあいにならないようにしろって」

有田は「ふーっ」と吐息をついた。

「ママは関係ないって言うけど、おれは心配で仕方がなかったわね。だって、警察がおれのこと探しているにちがいないんだもん。それにさ、あの永野仁一郎っていう名前に心当たりがあったのよね」

「それはあれですね、お父さんの遺品の中にあった封書ですね？」

「そう、それよ。ニュースで名前見て、どこかで見たことがあるような名前だなとか思って……そしたら、やっぱしだったのよねえ。だから、ママは関係ないって言うけど、ますます心配でさ、このまま放っておくと犯人にされちゃうんじゃないかって思って。だって、おれは何もしてないわけじゃない。それなのに疑われたりしちゃ、たまったもんじゃないわよねえ。だから、それとなく教えてやろうと思ったわけ。おれは関係ないって、おじいさんは自殺だって……」

「自殺?……」

浅見は思わず問い返した。

「そうよ、警察は勘違いしてるのよ。隣の女——つまりおれのことね、おれが毒を飲ませて、殺したと思ってるわけね。だけど、本当は誰も殺したりしていないのよ。あのおじいさん、勝手に死んだのよ」

「なるほど、自殺、ですか……」

浅見は感心して、大きく頷いた。いろいろなケースを考えたけれど、自殺にだけは思い到らなかった。

「かりに自殺だとして、永野さんの様子に、それらしいところはあったのですか?」

「ううん、それはなかったみたい。ちゃんとお弁当だって食べたみたいだしさ」

「えっ、弁当を食べたのですか?」

「そうよ、大阪から京都の間で、お弁当を買ってたもの。あんたはいいのかって訊いたけど、おれはすぐに席を変わるわけでしょう、それに、あのおじいさん、煩《うるさ》そうだったし」

「煩いって、どういうふうに?」

「人がお弁当食べて、ゴミを床下なんかに突っ込んでいるのを見て、怒ってたわ。まったく、エチケットを知らないとか言って。食べ終えたら、弁当ガラはすぐに捨てに行くものだって」

「それは当然でしょう」

「ふーん、おたくもけっこう、煩いんだ。歳取ると、ああいうおじいさんになるかもね」

「ははは、そうかもしれないな」

浅見は笑ったが、笑いながら、頭の中にポッと曙光《しょこう》のようなものが見えるのを感じた。

「しかし、その様子だと、何だか自殺するようには思えないけどなあ」

「そうね、だけど死んだんだから、覚悟が出来ていたんじゃないのかしら」

「それにしちゃ、最期に走りだしたりしたみたいですけどね」

「うーん……そうだけど、でも死んだことはたしかなんだし……」

有田もその辺になると、困惑ぎみだ。

「ところで、おじいさんはちゃんと、お弁当を食べたあと、ゴミを捨てましたか?」

「そこまでは見てないわ。おじいさんがお弁当を食べはじめたのは京都を出てからだし、おれは最初のトンネルに入ったところで席を移ったんだもの」

「あの列車は、たしか十二時四十五分京都発でしたね。ずいぶん遅い昼飯ですね」

「そう、それは言ってたわ。会社でも、家にいるときも、ずっとこの時間なんだって。十二時になるのを待ち兼ねたように昼飯を食うやつは、怠け者だって。だったら、おれみたいに、昼に朝ご飯食べるひとって、どうなのか、聞いてみたかったわよ」

「ははは、まさに、永野老人の面目躍如というところですね」

嬉しそうに笑う浅見をしげしげと見て、有田は感心したように、「おたくって、おかしなひとなのねえ」と言った。


浅見は自宅に戻るとすぐ、米原署に電話を入れた。浅見の声を聞いたとたん、手島警部は憂鬱そうに「何も進展していませんよ」と言った。

「ははは、べつに探りを入れるつもりなんかありませんよ」

浅見は笑った。

「それより警部さん、ちょっと思いついたのですが、今度の事件、自殺ということは考えられませんか?」

「はあっ?……」

手島は語尾を急激に上げて、驚きを表現した。いや、むしろ呆れた――と言いたいところかもしれなかった。

「自殺って、何ですか、それ?」

「ですから、要するに自殺ですよ。つまり、永野氏は殺されたのではなく、自殺したのではないかということです」

「なんで……」と、手島は唾を飲み込んだように息をつまらせた。

「なんでそんな突飛なことを考えたんです？」

「突飛かもしれませんが、あり得ないことではないでしょう。いえ、あんなおかしな状況から判断すれば、むしろ自殺としたほうが分かり易いのではありませんか？」

「それは……まあ、たしかに、自殺だとすれば、納得のいく結論は書けると思いますけどね」

手島の頭の中には、捜査日誌の文章が思い浮かびつつあるらしい。

「しかし、状況はそうでも、なんぼなんでも自殺とは……動機は何です？　まさか、保険金欲しさというわけではないでしょうな」

「それもあるかもしれませんが、動機はたぶん、戦争中に犯した罪の償いではないかと……」

「えっ、戦争中？……というと、第二次世界大戦のことですか？」

「ええ、太平洋戦争ともいいます」

「そのとき、永野さんは何か犯罪に関係したとでもいうのですか？」

「そうじゃないかな――と思っているのです。もっとも、あの戦争にかぎらず、戦争自体が犯罪みたいなものですからね。個人もほとんどの人が、何らかの罪を犯していたとしても、不思議はありません」

「だけど浅見さん、半世紀も昔の話でしょうが。そんな古い話で、罪の意識に苛《さいな》まれて自殺するなんてことが、考えられますか？」

「それは分かりませんよ。僕はもちろん、手島さんだって、戦争の経験はないのですからね。たとえば、原爆を投下したアメリカ空軍の兵士は、いまだに罪の意識に苦しんでいるそうじゃありませんか。戦争犯罪を反省しないのは、政治家ぐらいなもので、市民の多くは深刻に悩んでいるのですよ、きっと」

「うーん、そういうものですかなあ……」

「嘘だと思ったら、東京に来ませんか。一緒に永野さんの息子さんを訪ねて、話を聞いてみましょうよ」

そして次の日、手島は宿井部長刑事をお供に連れて上京した。「どうも浅見さんに騙されたような気分ですがねえ」と文句を垂れながら、それでも浅見の車で永仁産業本社へ向かった。

「しかし、浅見さんがあの社長と親しくなっているとは驚きましたなあ」

手島はしきりに首をひねっている。

「われわれだって、あの社長にはあまり会っていないくらいですがねえ。どうやって食い込んだのです？」

「どうってことはないのです。ただ、あのお母さんのほうに親切にしたりしただけですよ」

浅見は曖昧な会話でごまかして、とにかくひたすら道を急いだ。

警察の訪問とあって、断られはしなかったものの、永野継仁社長は不機嫌そのもののような顔で応接室に現れた。

「もう、事情聴取はすんだのとちがいますか？　私のほうには、これ以上、お話しすることは何もありませんよ」

煙草に火をつけて、ニベもなく言った。

「いや、今回は浅見さんに勧められてお邪魔したようなわけで、何ですか、社長さんから、いろいろお話をお聞きできるのではないかと、そういうことでしてね」

手島も面白くなさそうに、つんけんした口調になった。

「私が話を？　まさか……どうしてそんなことを言うはずがありますか」

永野社長はジロリと浅見を睨んだ。

「えっ、違うのですか？」

手島は驚いた。

「知りませんなあ。だいたい、民間人を事件捜査に連れて来るなんて、どうかしているんじゃないのかね？　ことと次第によっては、問題にしてもよろしいですぞ」

「いや、そ、それは……浅見さん、これはどういうことです？　ひどいねあんた、アポイントメントが取れているみたいだったから、こうして一緒に来たっていうのに。警察を騙すなんて、なんちゅうことを……」

「ほほう……」

永野社長は面白そうに目を細めた。

「なんだ警部さん、あんたも人が好いねえ。その男に騙されたのかね。いくら警察庁刑事局長の弟だからって、言いなりになっていて、いいと思っているのかね」

「は？……」

手島と宿井はポカーンと口を開けて、永野の顔を眺めた。

「それは、どういう意味ですか？」

「えっ、まさか……驚いたなあ……」

「ははは、まあまあ、いいじゃありませんか」

浅見は慌てて立ち上がって、永野の話を抑えながら、早口で言った。

「僕の手違いみたいだったようですが、これにはいろいろありましてね。しかし……」

「待ってくれませんか浅見さん」

手島が怖い顔をした。

「いま社長さんに聞いているのは私のほうだ。あんたは黙っていてください。社長さん、刑事局長がどうしたとか言われましたか？」

「ああ、言いましたよ。その浅見さんは、警察庁の浅見刑事局長の実弟だって言ったのです」

「えーっ、ほんと、ですか？……」

手島は、この世の不幸を一身に背負ったような顔で、浅見をおそるおそる見た。

「呆れたねえ、警察官まで騙していたのか。あんた、お兄さんがどうなってもいいのかね。これは相当な問題になるよ」

永野は煙草を灰皿に押しつぶすと、その手で電話を摑んだ。

「あ、ちょっと待ってください」

浅見は悲鳴のように言った。

「どこへ電話されるのか知りませんが、僕の話を聞いてからにしても遅くはないと思うのですが」

「あんたが？　何の話をしようというのかね」

「まあ、手っ取り早く言いますと、永野さんのお父上は自殺されたのではないか——と、そういったことについてです」

「なにっ……」

永野は怯えた目を二人の捜査官と、それからドアの方向に走らせた。

「あんた……自殺とは……何を言うんだ？」

「浅見さん！」

手島も非難の声を投げた。

「やめてくれませんか。もうこの辺で引き下がったほうがいいですよ」

「いえ、やめませんよ。この事件は自殺に違いない……いや、自殺でなければならないのです」

「どういうことかね、何を根拠にそんな……動機は何だというのかね？」

永野は真っ赤な顔をして、浅見を怒鳴った。

「根拠も動機もあります。動機は、贖罪《しょくざい》のためでしょう」

浅見は逆に青白い顔になって、言った。

「ショクザイ？　罪を償う意味のことを言っているのかね？」

「そうです」

「そうですって……何の罪だね？　いったい父が何をしたって言うんだい？　返答次第では、ただじゃおかないよ、きみ」

「浅見さん、そんないいかげんなことを言わないでさ、謝ったほうがいいですよ」

手島警部はオロオロして、立ったり坐ったりしている。浅見はそれを無視して、言った。

「こんなことを言うと、生意気と受け取られるかもしれませんが、人間誰しも、古傷はあるものですよ。たとえば、朝鮮半島で何があったのか——とか、そういった過去について、日本人はみんな痛みを感じているのです」

浅見はじっと永野の目を見つめた。永野も浅見の目を見返した。浅見がどれだけのことを知っているのか、探る目であった。二、三十秒もそうしていただろうか、永野はやがて、負け犬のように視線を外してしまった。

「自殺なのです、永野仁一郎さんは、自殺されたのです」

浅見は静かに、ゆっくり、言った。

永野は今度は、それに対して何も言わない。

手島が呆れて、二人の男の顔を見較べた。

「いったい、どういうことなのですか？」

「いや……」と永野は苦しそうに言った。

「そうかもしれない、浅見さんが言うとおり、父は自殺かもしれません。父は戦時中、戦闘で戦友を死なせたことを強く悔いていたのです」

それだけ言うと、永野は全身の力が虚脱したように、ソファにふかぶかと坐り込んだ。

「申し訳ないが、お引き取りいただきたい。一人にしてくれませんか」

息も絶えだえ――という声であった。そのあまりの変容ぶりに、二人の捜査員はただあっけに取られていた。

永仁産業の玄関を出るのを待ち兼ねたように、手島は浅見に訊いた。

「浅見さん、どういうことです、これは？」

まるで食ってかかるような口調だった。

「いきなり自殺だなんて、なぜそんなことになったのです？」

「永野さんとしては、隠しておきたかった話なのでしょうね」

浅見は水のように静かに、答えた。

「亡くなった永野仁一郎さんを鞭打《むちう》つようでお気の毒ですが、仁一郎さんが戦場で戦友を見捨てたことは、きわめて不名誉な出来事だったのです。若いころはまだしも、年ととももに、そのことを悔いる気持ちがつのったのでしょうね。だから、仁一郎さんは六十七歳という、まだまだ働ける歳に、社長の椅子を息子さんに譲って引退したのです。しかし、悔恨の想いは年ごとに強くなるばかりだったのでしょう。思い出の地、下関を訪れては、遠く朝鮮半島に眠る部下たちに祈りを捧げていたにちがいありません。そして、結局は自殺しなければ気がすまなかったということですよ」

「うーん……」

手島も宿井も、信じられない——という目を見交わした。

4

池宮果奈《いけのみやかな》が父親と一緒に浅見家に現れたとき、運悪く雪江《ゆきえ》未亡人は在宅していた。

「まあ、おきれいなお嬢様ですこと」

早速、応接間にまかり出て、果奈のことを褒《ほ》めそやした。明らかに、果奈を見る目付きがふつうではない。妙齢にして美形となると、すべて次男坊の結婚の対象として考えるのが、習い性になっている。

「マンガをお描《か》きになっていらっしゃるんですって？　ご立派ですわねえ。うちの息子《むすこ》ときたらいまだに雑文書きですのよ。ほんとに甲斐性《かいしょう》なしで困っておりますの」

これでは次男坊を売り込むどころか、婚期はますます遠のきそうだ。

「いやいや、お宅のご令息は立派な方です。先日、下関においでいただいた際、感心させられました」

池宮孝雄《たかお》は精一杯、褒め返してくれた。

「うちの我《わ》が儘《まま》娘を、出版社に紹介していただいて、まことにお礼の申しようもないような次第であります」

「おやおや、お礼だなんて……そうそう、依江《よりえ》さんからお聞きしましたけれど、池宮さんには下関で息子ともどもずいぶんお世話になりましたそうで、その節は本当にありがとうございました」

「何をおっしゃいますやら……」

黙っていると、エールの交換はえんえんとつづきそうな気配だった。

「どうですか、マンガ、うまくいってますか？」

浅見はほんの一瞬、母親と池宮の会話が途切れたのを捉《とら》えて、果奈に言った。

「ええ、今日はその報告も兼ねて、お邪魔したのです。昨日、ようやく第一回分の原稿にＯＫが出て、すぐに来月分のを始めるように言われました」

「そう、それはよかった。じゃあ、これから忙しくなりますよ。各社から注文が殺到するはずです」

「まさか……」

果奈は呆《あき》れて、「ははは……」と男の子のように笑いかけて、雪江の視線に気付き、慌てて俯《うつむ》いた。

「いや、冗談でなく、ほんとの話です。出版社なんて、売れ筋だなと目をつけたら、いっせいにやって来ますからね。揉《も》みくしゃにされないようにしないといけない」

「ほんとですか……そうなったら、浅見さん、助けてくださるのでしょう？」

「え？　いや、僕なんか……」

浅見は果奈のすがりつくような目に出くわして、ドギマギした。

「あのお父様」と雪江が池宮に言った。

「あちらでお茶を差し上げたいのですけれど、いかがでしょうか？」

「は、いや、私は田舎者《いなかもの》で、作法も何もありませんのでして」

「いいえ、そんなものは無用です。ほんの出がらしのようなお茶ですけれど、どうぞあちらへ……」

雪江は若い二人のほうを素早く目配せしたが、池宮は気付かない。

「それとも何でしょうかしら、わたくしのお入れするお茶など、お気に召しませんのでしょうか？」

雪江はじれったそうに、脅しぎみなことを言った。

「とんでもない」

「でしたらあちらへどうぞ」

さっさと立って、池宮の手を引っ張らんばかりにして、応接間を出て行った。

「参ったなあ、あれでおふくろは、気をきかしたつもりなんですよ」

浅見は大いに照れて、顔が赤くなった。むしろ果奈のほうが平然としている。

「ほんとに気がきくのですね。それに引き替え、うちのおやじはだめなんだから」

「それはそうと、マンガのほう、うまくいってよかったじゃないですか」

浅見は急いで話題を変えた。

「ああ、あれ、嘘《うそ》なんです」

「えっ、嘘？……じゃあ、ＯＫになってないわけですか？」

「ええ、まだ……そうとでも言わないと、父が帰って来いって、うるさくて……でも、ぜんぜん嘘っていうわけでもないんです。もうちょっと直せば使えるって、編集長が言ってくれたんです。今度、食事でもしながら、じっくり指導してくれるって……」

「あ、それだめ、よしたほうがいいな」

「あら、どうしてですか？」

「いや、どうっていうことはないけど……」

コミックの郡司《ぐんじ》編集長の、それがいつもの手であることを、浅見も藤田から聞いて知っている。

「ははは、浅見さん、あれでしょう、編集長が変なことをしないかと心配しているんでしょう。そんなの大丈夫、変なことなんかしたら、エイヤッて叩《たた》きつけちゃいますよ。こっちはヤクザ相手に鍛えているんだから、見くびられてたまるものですか」

「なるほど……」

浅見は感心した。堂々たる姉御ぶりであった。

「そんなことより、あっちのほうはどうなったんですか？」

果奈は真顔になって、訊いた。

「かなり煮詰まってきました。もうじき幕を閉じることになりそうですよ」

浅見は、永仁産業に永野継仁社長を訪問したときの一部始終を話した。

「えっ？　じゃあ、永野さんは自殺したっていうことですか？」

「たぶんそうじゃないか——というのが僕の得た結論です」

「ふーん、そうだったんですか……」

果奈は頷きながら、「でも」と首をひねった。

「それって、少し変だと思いませんか？　自殺なら、どうしてあんなにややこしい死に方をしなければならなかったのかしら？　あんな場所で衆人環視の中で、みっともないじゃないですか。私ならもっときれいな死に方を選びますよ」

「そう、その点はたしかに不思議ですね」

「それに、最後に言った『あの女に』っていう言葉の意味は、何なのですか？」

「さあ、何だったのですかねえ？……」

「何だったのかって……浅見さん、どうしちゃったんですか？」

果奈は驚き呆れて、浅見のすました顔を覗き込んだ。

「まあ、いいじゃないですか」

「えーっ？　いいじゃないかだなんて、信じられないわ。ずいぶんいいかげんなことを言うんですね。ぜんぜん納得いきませんよ、そんなの」

「そんなに大きな声を出さないで」

「だって……」

「それじゃ池宮さん、あなたはトコトン真犯人を見つけ出さないと気がすまないのですか？」

「それはもちろん……え？　そうすると、何か具合の悪いことでも……」

「永野仁一郎さんは自殺だと言ったときの、継仁社長のショックの大きさを見せたかったですね。あの姿を見れば、あなただって、やっぱり自殺だったと思えるにちがいないですよ」

「え？……」

果奈は浅見の含みのある言い方を、なんとか理解しようと、眉をしかめた。

「もしよかったら」と、浅見は言った。

「これから一緒に、たしかめに行ってみませんか」

「たしかめるって、何を、ですか？」

「もちろん、真犯人が誰か――をです」

「えっ？　だって浅見さんは、自殺だって言ったじゃないですか」

「ええ、僕はそう言ったけど、あなたは納得できないのでしょう？　だから納得できるように、決着をつけるのです」

浅見は席を立った。

「あの、父とお母さんはいいんですか？」

「いいじゃないですか、二人にしておいて上げましょう」

「えっ？　あら、やだ。あはは……だけど、お母さんの魅力に、父が目が眩《くら》んで、変なことしたりしないかしら」

「ははは、大丈夫ですよ、それこそエイヤッってやっつけますよ、あのおふくろは」

二人はようやく腹の底から笑った。

そのとき、ドアがノックされて、須美子《すみこ》の顔が覗《のぞ》いた。

「坊ちゃま、お電話ですけど」

言いながら、浅見と果奈の距離が充分以上に離れていることを見て取って、安心したような笑顔になった。

電話は高山からであった。「また東京へ舞い戻って来ました」と言っている。

「下関の騒ぎはどうなったのですか？」

「へへへ、お払い箱ですわ」

「お払い箱？……クビですか？」

「へえ、面目ないことでありますが、あれから、わしが帰り着く前に警察の一斉手入れがありましてね。デイリがあるという情報が洩《も》れたのやそうですけど、なんとか準備なんとかいう罪で、どっちの組も頭以下、幹部連中がしょっぴかれて、ガタガタになりまして、当分のあいだは商売になりまへんねん。それでもって、ほとぼりが冷めるまで、ひと月ばかし下関にもおれんことになりまして、いまは東京で浅見さんと果奈お嬢さんを頼るしかしょうもないようなことになりまして。それでもって……」

「ちょ、ちょっと待ってくれませんか」

浅見は慌てた。高山ヤクザ氏の面倒を見るような状況には、絶対になりたくない。

「とにかく会って話しあいましょう。いまどこですか?」

「へえ、浅見さんがいつか言うてはった、上中里《かみなかざと》駅の近くの平塚亭《ひらつかてい》いう茶店で、団子を食うとります」

「えっ、平塚亭? だったら、すぐそこじゃないですか……」

浅見は唖然《あぜん》とした。つい目と鼻の先に、バクダンならぬ、短刀を抱えた物騒な男が来ているのである。

「分かりました、これからそっちへ向かいます。池宮さんも一緒ですから、ちゃんとそこにいてくださいよ」

浅見は必死の想《おも》いで言った。ともかく、ノコノコと浅見家に現れる前に阻止しなければならない。

5

平塚亭はちっぽけな店である。大のおとなが三人も坐ると、いっぺんで空間が無くなる感じだ。それにしても、高山のヤクザ顔はこの店には似合わない。気のいいおばさんが、真ん丸い顔を精一杯しかめて、浅見家の坊ちゃんを睨《にら》んでいる。

「なんでもよろしゅうおますさかい、わしに仕事させてやってもらえまへんか」

高山は殊勝に頭を下げるのだが、そう言われたからって、右から左に仕事があるわけではない。

「浅見さんのボディガードいうのはどないでっしゃろか?」

「そんな、ボディガードが必要なほど、僕は偉くも金持ちでもないですからね。しかし、とにかく、ここにいてもしようがないから、一緒に行きますか」

「一緒に行くいうて、どこへ行きますの?」

「田園調布です」

「田園調布?……」

果奈と高山が異口同音に言った。

「永野さんのお宅です」

「ああ……」

果奈がほっとして、「行きましょう」と、真っ先に立ち上がった。

三人の乗ったソアラが永野家の門前に停まったとき、玄関から有田稲子が現れた。奥のほうにお辞儀をして、ドアが閉まってからこっちに向き直った。しかし、ほとんど顔を上げず、目頭を押さえて、敷石の上を頼りなげに歩いて来る。

浅見は車を高山に任せておいて、果奈を従えるようにして、稲子の前に立った。

「こんにちは、先日は失礼しました」

わざと陽気な声をかけた。

稲子はビクッとして、おずおずと顔を上げた。案の定、頰は涙で濡れていた。

「あ、浅見さん……」

「もうお帰りですか？」

「ええ、おいとまするところです」

「永野さんの奥さん――依江さんは、いらっしゃいますか？」

「いえ……」

稲子は首を横に振って、玄関を振り返った。

「奥様はお出掛けになりました」

なんとも哀しげな言い方であった。そうして、また新たな涙を流している。

浅見は不吉な予感がした。

「お出掛けって……あの、遠くへ行かれたのでしょうか？」

「ええ、下関へ」

「下関……」

三人はしばらく、無言で佇んだ。まだ少し冷たいけれど、花の匂いを含んだ風が、塀を越えて流れていった。

「浅見さんに」と稲子は涙を払って、言った。

「奥様からお手紙を預かっています」

「手紙？……」

稲子はバッグの口を開けかけた。

「あ、ここではなんですから、そこのスナックまで行きませんか」

浅見は言って、門の外に出た。

高山に違法駐車の番を頼んでおいて、三人はスナックに入った。

店の片隅に坐って、それぞれコーヒーを注文した。どうせ口をつけないのだから、飲み物は何でもよかった。

「奥さんにお訊きしたいことがあるのですが」

浅見は小声で言った。有田稲子は黙って頷いている。どんな質問をされるのか、予測がついているような、諦めきった顔であった。

「息子さんに渡した新幹線の切符ですが、あれ、永野さんの奥さんから受け取ったものなのでしょう?」

「ええ」

蚊の鳴くような声であった。

「そうでしたか、やっぱり……」

それっきりで質問を終え、浅見は果奈の顔に視線を送った。果奈は「?」という目で、浅見を見返した。しかし、浅見はそれ以上の説明をしないつもりだ。果奈の疑問は、果奈の胸の内で、氷が溶けるようにゆっくり溶ければいい。

「お預かりしたお手紙です」

稲子は部厚い封書を浅見に差し出した。

美しいペン字で、「浅見光彦様」とある。中の便箋の文字も、じつにあざやかな達筆であった。

浅見は一枚読み終えるごとに、便箋を果奈に手渡した。果奈は三枚目あたりから、涙にむせび、もはや文字が見えない様子であった。

浅見様　こうして貴方様にお手紙をしたためますのは、貴方様がすべてをご存知でいらっしゃることと拝察してのことでございます。下関にご一緒させていただきました折だけでも、失礼ではございますけれど、貴方様のたぐいまれな資質のほどは身にしみて感じ取らせていただきました。いずれは果敢《はか》なくなるこの身でございます以上、貴方様のようなご立派な方に、わたくしの罪業の何もかもをお伝えしてゆけることが、わたくしのささやかなしあわせかと存じております。

思い起こしますと、奇《く》しくも先日の下関行きが、わたくしにとりまして、ちょうど五十年ぶりのことでございました。半世紀前のあのころ、わたくしは大陸へ遠征いたします奥平の見送りのために下関へ参りました。新婚旅行などなかったわたくしども夫婦の、それが唯一の旅先での楽しくも悲しいひとときでございました。

奥平はわたくしを赤間神宮に参拝させ、火の山を仰いでそのいわれなど語ってくれたり、河豚料理を御馳走してくれたりしたものでございます。奥平の六人の部下の方々も、わたくしに大変よくしてくださいまして、下関でのことはわたくしの生涯でもっとも楽しい思い出でございます。

あとで知ったことですけれど、奥平をはじめとする七人の将兵は、軍の特殊任務につくことになったのだそうでございます。大陸へ渡ってからは全員が名前を伏せ、番号だけで識別されるというのですから、どのような任務であったかは、想像していただけることと存じます。とこう申し上げれば賢明な浅見様のこと、とうにお見通しかとも存じますが、七分のいくつという、あの奇妙な数字がその方々の名前代わりに与えられた番号でございました。ちなみに、有田上等兵は七分の三、永野大尉は七分の六、奥平少佐は七分の七でございます。

終戦の年、主人奥平は戦死いたしました。嫁しては二夫にまみえず——と心に固く決めておりましたわたくしでありましたのに、その報告に参った永野元大尉のたっての望みで、わたくしは愚かにも、するつもりのなかった再婚をいたすことになりました。当時、わたくしの実家は家業でございます鉄鋼関係の会社が傾き、永野に采配を揮ってもらうことを両親が強くねがったためでもございました。

先日申し上げた先帝祭の、平家の上臈が遊女に身をやつしたのと同じ運命を、わたくしも辿ったのでございます。でも、あのころの日本の女性たちの多くが、それよりもはるかに悲しい運命にもてあそばれたことを思えば、わたくしなど、幸せな部類かと思わないでもございませんでした。

ところが、数年前のこと、有田さんのご主人とお目にかかり、奥平の最期の模様をはじめてお聞きして、目の前が真っ暗になるほどの衝撃を受けたのでございます。有田さんのお話によれば、奥平は、事実上、永野に殺されたも同然であったとのことでございました。

奥平は鴨緑江を撤退するおり、大腿部に銃弾を受けました。六人の部下は有田さんが左耳を負傷した以外は全員が無事で、奥平を担架で運びながら朝鮮半島を南下したのです。三十八度線付近でゲリラに遭遇した際、足手まといになる奥平を岩陰に隠し、いったん逃走しました。そして夜陰にまぎれて引き返し、奥平を担いで逃げる手筈だったのだそうです。

でも、奥平のところに戻ったのは有田さんただ一人でした。あとの五人は永野大尉の命令一下、三十八度線を越え、ひた走って逃げたのです。残された奥平は担架がなければ身動きができない状態でした。秘密任務についていた奥平は、敵に捕まるわけにいきません。奥平は有田さんに逃げるよう命令し、命令を履行させるために、自らのいのちを絶ったのです。

この事実を知ったとき、わたくしは永野を憎悪いたしました。有田さんは有田さんで、わたくしの不貞を憤慨なさっていたのだそうです。その恥辱に、わたくしは震える想いでございました。わたくしがどれほど奥平を愛しておりましたことかをお分かりいただければ、わたくしの永野に対する憎悪の深さもお許しいただけると存じます。

言っても詮ない愚痴のようですけれど、わたくしは永野のいったい何であったのでしょうか。永野はわたくしを妻として、一家の主婦として遇したことは、ただの一度もございませんでした。お客様が見えれば、わたくしのことを「この女」と呼びまして、顎の先で使うのを無上のしあわせのごとく思っているような男でございました。暴君のごとくに振る舞うことが、家庭円満の秘訣とでも錯覚しているような人間でございました。

そして、愚かにも、わたくしはそういう永野の言いなりに従い、永野が露骨に浮気めいたことをいたすのを見聞きしたときでさえ、「よく出来た奥さん」などという、レッテルを貼られて、ニコニコしているような、本当に「よく出来た妻」ぶりを演じつづけて参ったのでございます。

でも、有田さんから真相を告げられた日から、わたくしは復讐を誓いました。いつの日にか永野を殺すことを決めたのでございます。

そうして、そのことを有田さんにお話しいたしますと、有田さんは驚いて、おやめなさいとおっしゃいました。その代わりに、脅迫することを勧めてくださいました。永野に悔恨の情を起こさせれば、それでいいではないか——とおっしゃるのでした。そして、「耳なし芳二」という名前の、あの奇妙な手紙が送られて参ったのです。封書の中には、奥平が亡くなった土地の名前が書いてあったり、すでに亡くなった兵隊さんの数字が書いてあったりしました。「耳なし芳二」はもちろん有田さんを暗示する、陰鬱な仮名でございます。永野は封書が届くたびに、四十何年もの過去の亡霊に出会ったような、恐ろしげな顔をいたしました。そして会社を辞め、下関への旅を始めたのでございます。有田さんは火の山のトーチカの中に「七卿は死ぬ」という落書きを書いたりして、永野を存分に脅していらしたようです。

ところが、突然、有田さんが亡くなりました。七人のうちの六人までがこの世から消え、永野だけが生き永らえていることが、わたくしには許せないことのように思えてなりませんでした。そして、有田さんの奥様にわたくしの決心を申し上げました。奥様はさほど驚きませんでした。それはすでに有田さんから、わたくしの決意のほどをお聞きになっていらしたからです。有田さんはわたくしがいつかは必ず、決意を実行に移すだろうから、そのときは力を貸すようにという指示をされていらしたそうです。

そうして、とうとう、わたくしたちの完全犯罪を実行することになりました。

…………

浅見は便箋を元どおりに揃え、畳んだ。

「あの、まだ先が……」

有田稲子は物問いたげに浅見の顔を見た。

「もういいのです」

浅見は首を振って、悲しそうに答えた。

「ただ、二つだけ教えていただけますか？」

「ええ、何を？……」

「一つは、この『完全犯罪』はどなたのアイデアだったのですか？」

「それは、永野さんの奥様と私と、ご一緒に考えました。毒は主人が朝鮮半島を旅して、どこかで採集してきた、何かの植物から取ったものだそうです」

稲子は、テーブルの上に身を乗り出すようにして、ボソボソと喋る。罪の意識がほとんどないのは、依江が死出《しで》の旅路についたせいだろうか。

「その毒ですが、それはほかの薬と一緒に飲むよう、仕組んだのですね」

「ああ、やっぱり……」

稲子はかすかに笑みを浮かべて頷いた。

「永野さんの奥様が、きっと浅見さんはお分かりよっておっしゃってました。ええ、そのとおりです。永野さんは食後にいくつかのお薬をきちんきちんと飲む習慣でした。あの旅行のとき、お昼に一度、カプセル入りのお薬も飲むよう、お医者様に指示されたと、二日分の袋を用意したのです。その二日目の最後のお薬に毒入りのカプセルが入っていました」

稲子は大きな仕事を自慢するような、うっとりした表情で語った。

「問題は、その後始末ですね」と浅見は静かに言った。

「永野さんは俊文さんに、弁当ガラをきちんと始末するようにと話をしていたと聞きました。もちろん薬袋もいっしょにすてるはずです。その几帳面な性格をよく弁《わきま》えていればこその完全犯罪だったのでしょうね」

「ほんと……」

稲子はまた大きく頷いた。

「浅見さんはなにもかもご存じだったのですね」

浅見はしかし、賞賛の声を無視して、むしろ怖いような顔で言った。

「もう一つお訊きしますが、俊文さんを巻き込んだのはなぜですか？」

「ああ、あなたは息子を犯罪に使ったことを怒っていらっしゃるのね」

「ええ、そうです。それはもちろん、彼に女装をさせて怪しい行動をさせれば、警察の目を晦《くら》ますことはできるかもしれませんが、何も知らない俊文さんを巻き込んだのは、僕には納得できなかったのです」

「私はそうは思いませんけれど」

稲子はむしろ昂然と、胸を張るようにして言った。

「あの子は生まれてはじめて、私のために役立つ働きをしてくれましたわ。それに、それではどうすればよかったっておっしゃるのかしら？　私たちの戦いは、こういう方法しかないと思ったのですけど。それに、かつて、戦争という犯罪に、親たちは多くの息子たちを送り出していたこともあるのですよ。それに較べれば……」

浅見は稲子の顔を見ずに、黙って頭を下げた。何が正しくて何が不正なのか――稲子の主張を詭弁だなどと、浅見には到底、言えたものではなかった。ただ、この世には救われない魂というものが、たしかにある――と、漠然と思った。

ソアラに戻ろうと歩いて行くと、高山が屋根の上に顎を載せた恰好で、のんびりと鼻毛を抜いていた。それをはるかに望む位置で、浅見は足を止めた。

「下関へ行きます」

ポツリと言った。

「えっ……」

果奈はかけがえのないものを失うような、掠《かす》れた声を発した。

「まだ間に合うかもしれないでしょう」

浅見は時計を見て、歩きだした。

「私も行きます」

果奈も早足でついて行った。

「そう、そうしますか」

浅見は振り返らずに、言った。

エピローグ

列車がプラットホームを出はずれるのを待っていたように、果奈は膝の上のロケットを開けた。小さな写真の女がこっちを向いている。

「不思議ですねえ、ここにこんなに若いままでいるのに、人は死んでゆくのだわ」

「ははは、感傷的なことを言いますね」

「いけませんか？」

「いや、いいことです。人間はときどき感傷的になってみるべきです。感傷はもっとも人間らしい精神行動ですからね」

「ふーん、そうなんですか……そういえば、動物は感傷したりしませんものね。浅見さんて、いろんなことを知っているのですね」

果奈は感心してから、訊いた。

「そういえば、浅見さんはいつ、永野未亡人の犯行だって、分かったのですか？」

「それは、有田氏の死亡記事を探したときですよ。あのとき、依江さんはかなりの確信をもって永野氏が、死亡記事を見たようなことを言っていたにもかかわらず、いくら探しても、ついに発見できなかった。僕が彼女にかすかな疑惑を抱いたのは、そのときだったのです」

「そうなんですか……」

果奈は少し悲しい顔になった。

「それじゃ、彼女が浅見さんと親しくしたのは、失敗だったわけですね」

「そうとばかりは言えませんよ。依江さんは僕に、それとなく真相を伝えようとしたのではないか――そんな気がしてならないのです」

「それにしても、永野未亡人は……永野未亡人は、なぜ浅見さんと一緒に下関に行ったのかしら?」

「怖かったのじゃないかな」

「怖かった?……というと、永野さんの亡霊か何かが、ですか?」

「ははは、まさか……そうじゃなくて、下関そのものが、ですよ」

「下関が?」

「というより、五十年前の下関の幻影に出会うのが――というべきかな。それとも、変化の大きさにかもしれない。変化は幻覚より、はるかに現実的で直截《ちょくせつ》的ですからね。ペンダントの中の亡霊よりも、下関にいる亡霊のほうが、ずっと大きいことはたしかです」

「なんだか難しいなあ……」

「ははは、難しくなんかないでしょう。あなただって、ときどきは下関に帰らないと、亡霊に出会って気絶しますよ、きっと」

「平気ですよ。耳なし芳一みたいに、お守りの札をいっぱい貼《は》って帰るから」

果奈は明らかに、この旅を楽しんで、ふだんよりはしゃいでいる。

浅見はしかし、浮き立つ気持ちよりも、依江の行方を憂う気持ちのほうがまさった。いまごろ依江はどこでどうしているのだろう。赤間神宮の耳なし芳一の堂の前で、ひっそりと佇《たたず》む依江の姿が、いまでも浅見の目の裏には焼きついている。

その姿は、そのまま海峡を眺める姿であったりもした。

死の淵《ふち》を見つめる姿であったりもした。

熱海駅を通過するとき、列車はほんの一瞬のように地上に現れる。窓の向こうを、満開の桜が通り過ぎた。

果奈が「あっ、きれい……」と言って、浅見に笑いかけた。

（この作品はフィクションであり、実在の個人・団体などとは一切関係なく、作中に描かれている風景、建造物などは実在の状況と異なる点があることをご了承下さい）

解説

山前　譲

作家デビュー三十周年という記念すべき年となった二〇一〇年に、内田康夫氏は三か月連続で新作長編を刊行してファンを驚かせた。二月に日本の教育問題に一石を投じた『教室の亡霊』、三月に宗教や信仰の意味を問う『神苦楽島《かぐらじま》』、四月には暗号など多彩な謎《なぞ》がちりばめられた書き下ろしの『不等辺三角形』と、いずれもお馴染《なじ》みの浅見光彦の活躍ながら、それぞれにテイストの違ったミステリーが毎月楽しめたのである。

もっとも、内田作品の長年の読者ならば、三か月連続刊行ぐらいではまったく驚かないかもしれない。一年間に十一作の長編を刊行した一九八九年には、二月から四か月連続で長編を刊行し、九月から十二月にかけては毎月、合計でなんと六作も刊行しているのだ。しかも、そのうち『日蓮伝説殺人事件』は上下巻本だった。愛読者は嬉《うれ》しい悲鳴をあげたことだろう。

本書『耳なし芳一からの手紙』はその翌年、一九九〇年十一月に角川書店より刊行された長編だが、ハイペースでの執筆は続いていて、一九九〇年に刊行された作品としては本書が七作目だった。

したがって、浅見光彦の旅もずいぶん慌ただしい。一月刊『琵琶湖周航殺人歌』の滋賀県や六月刊『御堂筋殺人事件』の大阪と、関西方面へ向かったかと思えば、七月刊『歌枕殺人事件』では東北地方へヒロインと旅している。九月刊の『伊香保殺人事件』は群馬が舞台だが、お手伝いの須美チャンが殺人事件の容疑者となってしまったという特に忘れがたい作品だった。十月刊『平城山《ならやま》を越えた女』ではまた関西へ、そして同月刊の『紅藍《くれない》の女《ひと》』殺人事件』では一転して東北の山形県と、まさに東奔西走の浅見光彦だった。さて、つづく『耳なし芳一からの手紙』で名探偵はどこに向かう?

ところが、浅見光彦シリーズではちょっと珍しいことだが、発端となった事件は東京へ向かう新幹線の車中で起こっている。京都駅を出て間もなく、グリーン車に乗っていた老人が、突然苦しみだし、息を引き取る。毒殺だった。

目撃者によれば、被害者の永野仁一郎、七十二歳は若い女性と一緒の旅に見えたが、その女性は事件発生の直前、席を立ったという。米原《まいばら》から乗り込んだ捜査員が調べても、車内にその姿はない。遺留品のバッグには、新下関からの乗車券などのほか、妙な封書が一つあった。宛先は永野仁一郎、差出人は——耳なし芳一！

その新幹線に偶々乗っていたのが、例によって『旅と歴史』の仕事で、下関の歴史と観光について取材してきた帰りの浅見光彦である。新幹線の中だろうがどこだろうが、殺人事件と聞いては黙っていられない。刑事にさっそく色々とサジェスチョンする名探偵だが、ひょんなことから、奇妙な二人連れの東京での身元保証人となってしまうのだった。

これもまたちょっと珍しい展開と言えるだろうが、この長編はトリオ探偵の活躍である。新幹線で浅見光彦と縁ができた二人連れとは、漫画家を志して家出同然に東京を目指していた池宮果奈と、下関の駅裏で人を刺し殺して逃げてきたというやくざもんの高山だ。もっとも高山については、警察が問い合わせてみると、該当する事件の報告はなかったのだが。

その二人の関係は、ともに東京になんのあてもないとはいえ、新幹線でたまたま隣り合わせただけである。しかし、高山は果奈から離れない。まったく正反対のキャラクターの掛け合いのユーモアは、これまた浅見光彦シリーズのなかでも特筆されるものだ。そして、とりあえず二人の連絡先は浅見家に、と警察に申し出たのが浅見光彦である。

「名探偵」と「家出娘」、そして「自称殺人犯」のトリオは、事件の謎解きを中心に、即席ながらなかなかいいコンビネーションを見せている。「名探偵」は「耳なし芳一」からの手紙の「火の山の上で逢《あ》おう」という文面を手掛かりに、被害者の周辺を探っていく。マンションを借りて漫画を描きはじめた「家出娘」は、事件の鍵《かぎ》を握る下関出身で、偶然にも被害者と過去に接点があった。その「家出娘」のいわばボディガードと言える「自称殺人犯」は、被害者の自宅を覗《のぞ》いていた若い男を咎《とが》めた際、重要な手掛かりを入手するのだった。

もちろんこれまでも、ヒロインと一緒の探偵行を数々経験してきた浅見光彦である。だが、マンションを一緒に探したり、漫画の仕事先を紹介したりと、ここまで深入りした女性はいないのではないだろうか。

一方で池宮果奈も、浅見光彦が下関へ推理の手掛かりを求めて旅しているときには（しっかり名物のフグ料理も堪能《たんのう》しているが）、高山をお供に立派な探偵ぶりをみせている。事件の重要な関係者を探り出しているのだ。また、高山のとぼけたキャラクターも、浅見光彦シリーズの数多い登場人物のなかで異彩を放っている。

その探偵トリオが、新幹線での死の謎を解き明かしていくミステリーのタイトルにある「耳なし芳一」とは、もちろん小泉八雲『怪談』などで広く知られている物語の主人公だ。舞台は安徳天皇や平家一門を祀った下関の阿弥陀寺（現在の赤間神宮）である。

平家物語の弾き語りが得意な盲目の琵琶法師の、数奇な体験はいまさら紹介するまでもないだろうが、本書の「耳なし芳一」は、下関を中心として織りなす歴史の代名詞であり、過去からの亡霊の代名詞である。ユーモラスな発端が、歴史の闇《やみ》が秘めた悲劇を明らかにする切ないエンディングに収束しているのもまた、この事件を印象的なものにしている。

なお、ここでは「耳なし芳一」を取り上げた小泉八雲についてはあまり触れられていないが、一九九四年刊の鳥取県倉吉市を舞台にした『怪談の道』は、まさに小泉八雲から発想された作品だった。

最後になったが、ひとつ大事なことを忘れずに記しておかなければならない。浅見光彦の母親である雪江未亡人の「過去」である。といってもスキャンダラスなものではない。事件関係者の一人がなんと、四谷の女子学園時代の一級後輩だったのだ。振り返るに、雪江はその女学校のスター的存在で、下級生に「エーデルワイスの君」と慕われたそうである。なんでも、「まるで宝塚の男役みたいにシャキッとなさって、色白でお美しくて、とても頭がおよろしくて」とのことだ。何かと母親には頭の上がらない居候の次男坊は、「いまは昔の面影は見るかげもないと思いますが」などと言っているけれど……。

デビュー作『死者の木霊』から三十年、三か月連続刊行でも明らかなように、内田康夫氏の創作意欲はますます高まっている。記念の年は「浅見光彦、再始動元年」とのことだ。はたして日本を代表する名探偵がこれからどんな謎を解いていくのか。楽しみはまだまだ尽きない。

こわさび

この作品は1990年11月角川書店より刊行されました。

徳間文庫をお楽しみいただけましたでしょうか。どうぞご意見・ご感想をお寄せ下さい。
宛先は、〒105－8055　東京都港区芝大門2－2－1　㈱徳間書店「文庫読者係」です。

徳間文庫

耳《みみ》なし芳一《ほういち》からの手紙《てがみ》

2010年9月15日 初刷

著者 内《うち》田《だ》康《やす》夫《お》
発行者 岩渕徹
発行所 東京都港区芝大門二―二―一 〒105―8055
株式会社徳間書店
電話 編集〇三(五四〇三)四三五〇
販売〇四八(四五一)五九六〇
振替 〇〇一四〇―〇―四四三九二
印刷 凸版印刷株式会社
製本 ナショナル製本協同組合

ISBN978-4-19-893217-6